AF598813

RELATOS DE PORQUESÍA

Quien escribe

Aliarediciones

Corrección: Inés González Calo
Diseño de cubierta: Mónica Morales
Ilustraciones: Eva Rodríguez Góngora
Dibujos infantiles: Ricardo Sogel Pérez
Maquetación: Aliar Ediciones

Depósito Legal: GR 1596-2025
ISBN: 979-13-88058-10-3

Impreso en España

Edita
ALIAR Ediciones
www.aliarediciones.es
info@aliarediciones.es

RELATOS DE PORQUESÍA

Quien escribe

Previo al comienzo de cada Relato de Porquesía, Quien Lee encontrará el título de una música asociada a dicho relato. Si bien no es necesaria su escucha, es, sin duda, recomendable. A la derecha del título y el principal nombre responsable de cada música, Quien Lee verá un símbolo que indica cuándo la escucha de cada pieza es óptima con respecto a la lectura del relato:

(<): Escuchar antes de la lectura.
(>): Escuchar tras la lectura.
(=): Escuchar durante la lectura.
(==): Escuchar repetidas veces durante la lectura.
(<=>): Comenzar la lectura tras pocos minutos de música.
(</): Escuchar antes de la lectura, interrumpiendo la pieza tras pocos minutos.

Preámbulo: Formas

Definir es ponerle fin a algo. Trazar sus límites para diferenciarlo de otra cosa. Como al dibujar con lápiz sobre una hoja en blanco. Percibimos formas únicamente gracias a las líneas que constituyen sus horizontes. Solo a través de ellas, distinguimos un espacio en blanco de otro, o lo que es lo mismo, una forma de otra. Para eso están los nombres de las personas y las cosas. Si no les ponemos nombre, no está claro dónde acaba una y empieza otra. No está *definido*. Del mismo modo ocurre con naciones, pueblos y banderas. La idea de pueblo surge cuando hay un segundo pueblo. Si hubiese una sola nación, no habría nación ni bandera. De igual manera ocurre con la identidad.

Cuando no tenemos, no hay quien no seamos.

Cello Sonata: I. Dialogo – G. Ligeti (=)

Romance en Una Plaza

En una plaza, ha tenido lugar un romance brevísimo. Solo dos ojos fueron testigos, y ninguno de ellos, ojo que ama.

Alguien se sentó en la fuente, apoyó su mejilla en su propio hombro, cerró los ojos y respiró profundamente, sin saber que, a la más corta distancia, se encontraría el cuello de su amante, quien también descansaría en la fuente. Tres otoños más tarde.

Poco después, anduvo alrededor de la fuente y levantó suavemente una mano, sin pensar que acariciaba el cabello que descendía por aquel cuello. Cabello que estaría a la exacta altura de su mano tan solo tres otoños más tarde.

De este romance tan poco táctil solo pudo ser testigo alguien que habitaba aquella plaza y que, por mucho que bebía, cumplía la condena de no olvidar nada. Esto fue lo primero que le hizo sonreír en muchos inviernos.

N
E
S

Schoolhouse Étude - N. Lizée (>)

La Segunda Isla

La cultura de un lugar es un pigmento que lo tiñe todo. Se compone de pequeñas tradiciones que se enseñan y se aprenden, en su mayoría, de manera inconsciente. En este proceso entran en juego las diferentes generaciones. Las más antiguas enseñan lo antiguo a las más nuevas; las más nuevas, lo nuevo a las más antiguas. Dependiendo de para qué, una generación abarca más o menos rango de edad. Lo natural es que cada generación tenga su lenguaje, pero que haya diálogo e intercambio entre unas y otras.

No obstante, en este entramado, hay una pequeña isla: el recreo. Los juegos que se dan en el recreo son enseñados y aprendidos únicamente por Quienes Están en Edad de Jugar. Esta edad no abarca tanto tiempo, y dentro de ella hay varias fases, a cada una de las cuales le corresponden una serie de juegos. Por lo tanto, para cada juego, hay un margen de pocos años para aprenderlo, disfrutarlo y transmitirlo. Quienes Están en Edad de Trabajar, enseñan juegos a Quienes Están en Edad de Jugar, pero no aquellos a los que se juega en el recreo. Esto enmarca a los juegos del recreo en una cápsula hermética a la que solo Quienes Están en Edad de Jugar tienen acceso y, quizás, la oportunidad de participar de su evolución. Está claro que quien madura recuerda, pero ya no participa ni pertenece.

Como cualquier otra tradición, los juegos van sufriendo variaciones y modificaciones debido a alguna imprecisión del lenguaje, a pequeños malentendidos, a la mala memoria o, a veces, a cambios a voluntad de la nueva generación. Pero esto ocurre en un ciclo rapidísimo, comparado con lo que normalmente son las transmisiones intergeneracionales. Quienes Están en Edad de Sentarse, por ejemplo, comparten los mismos secretos con su generación que con la siguiente, pero este oasis de información, este fugaz paso del testigo, este autoabastecimiento del saber que se da en el recreo es único.

Dicho esto:

En un patio hay setenta y una personas. Dieciséis dan patadas a una botella de plástico; once huyen de dos que persiguen; nueve saltan por turnos una cuerda que dos hacen voltear; seis ensayan una coreografía al milímetro; cinco luchan entre sí con movimientos lentos, lanzan ataques no perceptibles por el ojo humano acompañados de efectos vocales, y fingen la muerte; tres buscan insectos alrededor de un árbol; siete comen; dos lloran; cinco, simplemente hablan; dos vigilan; alguien observa.

A diferencia de Quienes Vigilan, Quien Observa está en edad de jugar. Pero elige no jugar y observa. A decir verdad, para elegir hay que tener elección, y Quien Observa no la tiene. Porque para jugar hay que saber jugar y Quien Observa no sabe. No es que no conozca ningún juego, es que no sabe Jugar. No lo entiende. Entiende todo lo demás: comer, dormir, todo lo que se explica en el aula, el trabajo, incluso entiende que la gente se enfade o entristezca. La lluvia. En resumen, entiende todo lo útil y lo inevitable. Es decir, todo menos Jugar. Por qué juegan. Qué buscan. Qué ha cambiado después del juego. Por qué querían jugar. Para qué.

Incluyendo a Quienes Vigilan, no hay persona más inteligente en el patio que Quien Observa. Hay que serlo para ser consciente de ello. Por eso encuentra tan enigmático que todo el mundo parezca entender sin esfuerzo lo que para su mente está tan fuera de alcance. Por eso observa. Quiere entender. Quiere aprender. Quiere Jugar.

Hay unos cuantos sujetos en el patio que en este momento no le son de utilidad. Quienes comen, hablan, lloran o vigilan no hacen nada que escape a su comprensión. Tampoco quienes buscan insectos, dado que eso no es un juego, es satisfacer una curiosidad, y de eso Quien Observa entiende mucho. Eso deja cincuenta sujetos de quienes aprender qué sentido tiene jugar.

Ya ha oído muchas veces de muchas voces que Jugar no necesita tener sentido, que precisamente eso es la diversión. Lo que no tiene utilidad ni necesidad de ser. Lo que se hace únicamente para disfrutar, para pasar el tiempo. Entiende lo de disfrutar. Quien Observa disfruta mucho de muchas cosas. Cosas que tiene sentido hacer, como comer. Sin embargo, le cuesta más comprender la idea de «pasar el tiempo». El tiempo pasa sin ayuda de nadie.

Ha probado a jugar muchas veces, pero no ha conseguido Jugar. En algún que otro juego, incluso ha demostrado especial habilidad. Pero Quien Observa sabe que eso no es Jugar, y el resto también lo sabe. Al final, lo más cómodo para todo el mundo es que quien sabe juegue, y quien no, observe. Así que ahí está, con su espalda apoyada contra una pared, analizando las caras y movimientos de cincuenta personas intentando darle un sentido a algo que, en cierto modo, no lo tiene.

Quien Observa tiene buena relación con todo el patio. Podría estar con quienes buscan insectos, o con quienes simplemente hablan, y estaría a gusto. Disfrutaría. Pero ese grupo también sabe jugar, y tarde o temprano estarían saltando una cuerda o dándole patadas a una botella de plástico, y el problema no se habría resuelto.

Si el recreo es una pequeña isla del saber, entonces la isla debe tener un lago, y dentro de él, otra isla. Esa segunda isla sería Quien Observa.

Hasta ahora no ha pasado nada. Tenemos la imagen fija de alguien que mira a cincuenta personas jugar en un patio de recreo. La imagen cobra vida cuando alguien dice:

—Ya no juego más.

Quien Observa no necesitó girar la cabeza y ver los párpados húmedos ni el ceño fruncido de quien tenía a su lado para saber de quién se trataba. Estaba a pocos segundos de salirse del grupo de quienes lloran y convertirse en alguien mucho más útil.

—¿Por qué?

—Porque siempre quieren jugar a eso y a mí ese juego me aburre.

Algunos juegos pueden aburrir mientras otros pueden no hacerlo. Eso, sin duda, era un dato interesante. Sin embargo, lo que Quien Observa sentía cuando jugaba, no era aburrimiento, sino indiferencia. El aburrimiento le resultaba casi tan ajeno como el juego. La cantidad de cosas que ocurrían a diario en su interior ocupaba todo su espacio mental, incluyendo la gris parcela que la mente tiene reservada al aburrimiento. Sin duda, todo este abanico de sucesos mentales también ocupaba la colorida parcela de la diversión. Es decir, Quien Observa habitaba el equilibrio. No pendulaba, como el resto, del aburrimiento a la diversión, al aburrimiento. Estaba en un punto muy inicial, muy alto de la cuerda, donde el vaivén es casi imperceptible. Vivía en el Limbo de la Curiosidad. Y como cualquier cosa en equilibrio, era feliz. No obstante, esa misma curiosidad le instaba a explorar cómo era vivir abajo en la cuerda, donde las mareas del péndulo te mecen.

—Tú nunca juegas, ¿no?

—Todavía no. Es que yo ni me aburro ni me divierto. Estoy mirando, a ver si aprendo.

—¿Quieres aburrirte?

—Quiero divertirme. Pero creo que quien se divierte también se aburre. Como tú.

—¿Y cómo vas a aprender a divertirte aquí mirando?

—No lo sé.

Quien Solía Llorar miró al resto durante unos segundos:

—Pues yo creo que así solo vas a aprender a aburrirte.

Desde luego, estaba siendo una conversación de lo más provechosa. Quien Observa entendió que había estado poniendo todo su esfuerzo en aprender a divertirse, pero si conseguía aburrirse, habría empezado a balancear el péndulo. No obstante, no tenía ninguna garantía de que le fuera a resultar más fácil aburrirse que divertirse.

—¿Cómo lo haces tú?

—¿El qué?

—Aburrirte.

—Bueno, yo no lo hago. A mí me pasa. Me aburro cuando hay que hacer algo que no es divertido.

—Ya.

Esa explicación volatilizó la poca esperanza que Quien Observa había depositado en su nueva estrategia. Aun así, no dejó escapar un detalle: «Yo no lo hago. A mí me pasa». Eso significa que el aburrimiento, al contrario que la diversión, parece entrar en el cajón de lo inevitable. Como el enfado o la lluvia. Y eso siempre es más fácil de entender.

—¿Y cómo te diviertes?

—Pues jugando.

—Ya, pero quiero decir... ¿qué pasa en tu cabeza cuando juegas? ¿Por qué quieres volver a jugar cuando acabas?

—No sé. Creo que cuando juego no pasa nada en mi cabeza. Me lo paso bien. Solo quiero darle a la pelota otra vez o saltar la cuerda.

—Pero mira.

Quien Observa señaló a alguien que daba patadas a la botella de plástico.

—No parece que se lo esté pasando bien. Está sudando, grita, antes ha insultado a alguien de su propio equipo, se ha hecho daño, no está sonriendo, tiene cara de enfado, resopla... ¿Tú dirías que se está divirtiendo?

—¡Claro! Es que... ¡Uy! Es verdad. Parece un sapo cagando.

La carcajada de Quien Observa fue tal que Quien Solía Llorar no supo bien cómo reaccionar. No es que Quien Observa no riera nunca, pero esa risa no era normal. Parecía que no pudiese parar. Las lágrimas de nuestra imagen inicial habían cambiado de ojos y de humor.

Quien Solía Llorar se dejó llevar por su público y añadió, señalando a quienes persiguen:

—Allí hay dos que no saben lo que es una ducha, por eso escapa el resto. Huyen de la peste de sus sobacos.

Quien Observa se moría de la risa. Aplaudía, incluso. Esto era inusual, pero no revolucionario. Lo verdaderamente revolucionario estaba a punto de ocurrir. La gran transformación de Quien Observa comenzó cuando de su boca salieron las palabras:

—¿Y allí?

No se daría cuenta hasta más tarde, pero acababa de abrir un capítulo en su vida. Acababa de colocar la primera piedra del puente que conectaría la Segunda Isla con la primera. Reírse era inevitable y ya lo conocía. Ocurre algo, es gracioso, te ríes y se te pasa. La vida sigue. Pero que entre carcajadas incontrolables, Quien Observa hiciera el esfuerzo de ver a través de sus propias lágrimas, señalar con el dedo a quienes luchan lento y fingen la muerte, y articular inteligiblemente las palabras «¿Y allí?» era histórico porque eso no era sino pedir más. Y eso es evitable y no tiene un fin práctico. Era la respuesta a la pregunta «¿Por qué querían jugar? ¿Para qué? ¿Qué buscan?». Había mecido el péndulo.

—Allí hay cinco que se han desayunado las pastillas de su *abue*.

El juego se fue sofisticando. Consistía en atribuir personajes ficticios a personas o grupos de personas en el patio, dejar que sus acciones fueran desarrollando una trama de forma natural e ir haciendo una lectura lo más graciosa posible. Los personajes que se atribuían no tenían relación con la persona a la que se atribuían, solo se elegía en base al potencial que sus acciones pudieran tener para generar una trama que valiera la pena. De esta manera, era fácil ver una boda de canguros en Marte, una guerra nuclear en una cárcel de payasos, o un dragón que, en lugar de fuego, escupía pinzas de la ropa. Quien Observa disfrutaba muchísimo de este juego. Quien Observa Jugaba.

Pocas semanas más tarde, en el patio, doce dan patadas a una botella de plástico; nueve huyen de dos que persiguen; cinco saltan la cuerda que dos hacen girar; seis ensayan una coreografía; cuatro luchan lento y fingen la muerte; cuatro buscan insectos; cinco comen; dos lloran; cuatro simplemente hablan; dos vigilan y catorce Juegan a Observar.

Psaume 130: Du fond de l'abîme – L. Boulanger. (<=>)

Artistas de Sombra

Conocemos la imagen. La cegadora Luz de La Verdad y de Lo Que Es brilla eterna en el exterior mientras La Humanidad vive en una cueva, convencida de que las sombras que ve proyectadas en la pared son la Realidad. Esas sombras, proyectadas no con otra, sino con la misma Luz de La Verdad y de Lo Que Es, son labradas por unos entes que dominan el oscuro arte de la demiurgia. Hasta ahí, conocemos la imagen.

Centrémonos en la figura más enigmática de dicha imagen. Llaman a su oficio La Sombra y a quien ejerce La Sombra, Artista de Sombra. Trabajan por parejas y turnos cuya duración es incalculable. Visten togas gruesas, pues es bien conocido por el gremio que, en el exterior, la Luz de La Verdad y de Lo Que Es abrasaría su piel *ipso facto*. Asimismo, llevan unas lentes oscuras que protegen sus ojos de una ceguera irreversible. Una pareja llega, se quita las lentes, toma el relevo y comienza a, como lo llaman, *danzar la sombra.* La anterior pareja se pone sus lentes y se marcha, perdiéndose en la blancura más insoportable.

Esto ha sido así desde el inicio del Tiempo. Ser Artista de Sombra significa no tener edad. Ver cómo las vidas humanas se suceden las unas a las otras, pero la propia continúa. No recuerdan haber aprendido su oficio, solo recuerdan su oficio. No recuerdan *haber oído la historia* de dos Artistas de Sombra que murieron por aventurarse al exterior sin toga ni lentes, y cuando, con vergüenza, entendieron su error y quisieron regresar a la cueva, no fueron capaces de encontrarla, pues sus ojos eran ya ceniza. Solo recuerdan *la historia*.

No hay reuniones, discusiones ni reformas. No dialogan entre sí. Dentro de la cueva, hacen su trabajo. Lo que hacen fuera no es relevante. Tampoco es necesario profundizar en la realidad de esas personas que viven engañadas mirando a la pared de la cueva, pues esa es nuestra realidad. De ellas, sin embargo, sí merece mención la curiosa conducta del grupo cuando, aproximadamente cada once mil turnos, una de esas personas se yergue, se vuelve mirando fijamente a la pareja de Artistas de Sombra, y la señala. Cuando esto ocurre, sin excepción, sus iguales la devoran, pues la sombra que proyecta al levantarse es, a los ojos del resto, horripilante. Nadie en el gremio de La Sombra ha tenido que intervenir jamás: La Humanidad también es maestra en su oficio.

En una ocasión, en que la insubordinación volvió a encarnarse en un dedo acusador, algo fue diferente. Los hechos, no obstante, se dieron de igual manera: se izó sobre la pared una sombra que entorpecía a aquellas confeccionadas por manos expertas; un dedo señaló hacia el origen de las sombras; un mar de bocas comenzaron a desfigurar un cuerpo que mantuvo la mirada fija y el dedo firme hasta lo sobrenatural. Ocurrió como había ocurrido siempre.

Lo particular de este suceso reside en el impacto de unos ojos sobre otros. El impacto del dedo que acusa sobre la mano acusada. Es imposible determinar por qué esto ocurrió esta vez y no otra. Quizás los ojos rebeldes eran especialmente expresivos, o quizás nunca antes, esos ojos acusados en particular habían sido testigos de una insubordinación hasta entonces. En cualquier caso, la consecuencia directa fue que, mientras siempre se había interpretado ese dedo como una acusación hacia La Sombra y un mensaje para La Humanidad, esta vez no. En el dedo, siempre se había leído lo siguiente: «Gentes. Mirad. Nada de lo que vemos es. Todo nuestro universo no es sino un juego de sombras. Ahí están. Son quienes han levantado esta prisión de lo ilusorio. Son quienes han robado nuestra libertad. Venid conmigo hacia la Luz». No obstante, esta vez, los ojos increpados leyeron cristalino un mensaje totalmente diferente: «Artistas de Sombra. Mirad. Nada de lo que veis es. Todo vuestro universo no es sino un juego de sombras. Ahí están. Son quienes han levantado esta prisión de lo ilusorio. Son quienes han robado vuestra libertad. Id ahí fuera hacia la Luz».

Era un mensaje vertiginoso. Era un mensaje para la Sombra. Una eternidad dedicada al engaño no te hace inmune a él. Los ojos miraban a los ojos, pero el Dedo señalaba más allá.

Esos ojos fueron por primera vez conscientes de que nunca habían visto a nadie siendo víctima de la terrorífica Luz de La Verdad y de Lo Que Es. Fueron conscientes de que aquella historia que acababa con la muerte de dos Artistas de Sombra excesivamente valientes, bien podía ser un mito, como los que sus propias manos habían proyectado durante eones en la Pared del Engaño, y que tantas generaciones y civilizaciones habían tomado como fundamento de vida. Aquel día, los ojos de Quien Vio, salieron desnudos al exterior.

4:33 – J. Cage (==)

Semejantes

Dos personas que abandonaron un mismo útero el mismo día fueron secuestradas años más tarde por otras dos personas y llevadas a un recinto en medio de la nada. Se les dieron unas togas con capucha, zapatos, guantes y unas máscaras que cubrían toda la cabeza y que eran idénticas entre sí, así como a las de quienes perpetraron el secuestro. También se les dio una nota:

«Esta es tu vida. Se te prohíbe hablar. Se te prohíbe quitarte el atuendo y la máscara. Se te prohíbe comunicarte de cualquier manera. Se te prohíbe salir del Lugar. Cada noche, se te asignará una habitación numerada arbitrariamente. Cada día, quien haya pasado la noche en una determinada habitación, ejercerá la función que le corresponde: 1, recoge comida del almacén y la lleva a la cocina; 2, prepara el desayuno para el resto; 3, la comida; 4, la cena; 5, limpia los platos tras cada comida; 6, limpia los espacios comunes; 7, limpia las habitaciones y el baño buscando cualquier posible señal o intento de comunicación; 8, supervisa a 7; 9, vigila; 10, si es necesario, ejercerá de verdugo y vendrá con quien os da esta nota a deshacerse del cuerpo y traer suplente.

A las 8:00 se desayuna; a la 13:00 se almuerza; a las 20:00 se cena. A las 22:00, hora a la que todo debe estar limpio, andamos durante un minuto entremezclándonos en frente de las habitaciones. Entonces, 10 señalará con el dedo índice de la mano derecha y el brazo recto a una persona y una habitación, hasta que todas hayan sido ocupadas. 10 jamás podrá asignarse la habitación número 10, por lo que esta será la primera habitación en ser asignada. Cuando entren suplentes, se llevará a cabo una mezcla extraordinaria a su llegada. Cada semana, 1 encontrará en el almacén diez mudas limpias y las colocará delante de cada habitación. Repondrá todo agotable de cocina y baño que encuentre en el almacén. A la mañana siguiente, todo el mundo deja su muda sucia en la puerta para que 1 la recoja y la deje en el almacén. Cualquier infracción, por pequeña que sea, será notificada por 7, 8 o 9 haciendo sonar la alarma que hay junto al reloj de la sala principal. 7, 8, o 9 señalarán con el dedo índice de la mano izquierda a la máscara infractora hasta que llegue 10 y le quite la vida con el cuchillo que le proporcionará quien os da esta nota. Entonces, todas las máscaras volverán a la última habitación en donde hayan dormido, a excepción de 10 y de quien os da esta nota, que saldrán al exterior a buscar suplente. En caso de que 10 sea la máscara infractora o de que quien os da esta nota sea 10, otra máscara será llamada a ejercer de 10».

Al entrar en la sala principal, ya con sus togas, zapatos, guantes y máscaras, vieron seis máscaras más, idénticas, asomadas a las ventanillas de seis de las diez puertas que había numeradas. Sin duda, quienes les acompañaban eran 10 y Nota. El reloj que había en la pared marcaba las 3:21. Se abrieron automáticamente las puertas de las habitaciones de las que salieron las máscaras para lo que entendieron que fue la mezcla extraordinaria. Semejante no solo perdió la pista a Nota, sino también a Semejante. Antes de que se le hubiera asignado una habitación, ya habían advertido que todas las máscaras tenían exactamente la misma altura y constitución. Las habitaciones constaban de cuatro paredes insonorizadas y un camastro cada una. Nada más. La primera noche, Semejante durmió en la habitación 4; Semejante, en la 8.

Pararse a pensar por qué Nota hace lo que hace es dibujar con un dedo sobre el aire. Quizás fue alguien que gozaba de su libertad hasta que se le arrebató y en su lugar recibió una toga, una máscara y una nota algo más larga que la que reparte.

Semejante y Semejante llevaban ciento cuarenta y tres días en el Lugar y, hasta ese momento, la nota había sido fiel a la verdad: esa era su vida. No vieron una cara. No escucharon una voz. No salieron del Lugar. Sonaba una alarma a las 7:00, las puertas de las habitaciones se abrían automáticamente, desayunaban por debajo de la máscara, desempeñaban su tarea, comían por debajo de la máscara, usaban uno de los dos baños (único momento en el que se podía descansar de la máscara), desempeñaban su tarea, cenaban por debajo de la máscara, desempeñaban su tarea, hacían la mezcla y dormían en la habitación asignada para esa noche. El Silencio imperaba en el Lugar. No se escuchaba prácticamente nada a lo largo de todo el día, a excepción de algunos pasos y moderados ruidos propios de las distintas tareas. La idea de que cualquier pequeño gesto, ruido o comportamiento inusual pudiera interpretarse como un intento de comunicación, hacía que las máscaras tuviesen muchísimo cuidado. No se escuchaba una tos.

La sala principal era un espacio diáfano con diez puertas en la misma pared, un reloj y un botón rojo. La cocina tenía una mesa larga pegada a la pared con diez sillas a uno de sus lados. El baño era diminuto. En el almacén había cinco frigoríficos con comida precocinada para abastecer a todas las máscaras durante una semana, algunos productos de limpieza y, como rezaba la nota, una muda limpia semanalmente.

Una noche en semana, se podía oír un motor acercarse, a alguien abrir la puerta trasera del almacén que comunicaba con lo que podría ser el exterior, descargar e irse.

A esta altura, Semejante y Semejante se habían familiarizado bastante con las diferentes tareas. Ser 1 exigía trabajar al menos tres veces al día, llevando diez platos precocinados a la cocina, tarea no tan ardua, pero espaciada en el tiempo. Además, por supuesto, de los cambios de toga y otros repuestos. Ser 2, 3 o 4 no estaba mal. Ser 5, así como ser 1, exigía poca labor, pero a lo largo de todo el día. Ser 6, sin duda, era lo más tedioso. Cuando ejercían de 7, sentían que estaba traicionando a sus semejantes, o incluso a Semejante, sin poder hacer la vista gorda, pues era palpable la mirada de halcón de 8 sobre la nuca, que perfectamente podía ser Nota, y si no lo era, no había mucha diferencia, ya que sobre la nuca de 8 estaba, como sobre el resto de máscaras, la de 9. Ser 7, 8 o 9 era sentirse parte activa del régimen. Ser 10, en un principio, era relajado, pero el miedo a escuchar la alarma duraba toda la jornada.

Semejante había urdido un plan hacía tiempo, pero la paciencia era clave. Cuando se le asignase la habitación 10 una noche de reposición de provisiones, tras indicar a la última máscara a su habitación, se quedaría fuera de la suya propia, entraría en el almacén y pasaría allí la noche, esperando a quien repone. Cuando abriese la puerta con llave, Semejante saldría corriendo y se montaría en el vehículo (cada semana se oía cómo el motor se quedaba encendido hasta que se alejaba) y escaparía, informando cuanto antes a la policía para liberar a Semejante y al resto, y, por supuesto, encerrar a Nota. Había pensado en que también podía atacar a quien de manera inconsciente había llamado mentalmente 11, pero no conocía su constitución, o si llevaba un arma. Incluso, podría ser alguien que no tenía conocimiento de qué pasaba en el Lugar y simplemente hacía su trabajo, en cuyo caso, sería tan sencillo como contarle todo. Demasiado sencillo. Debía esperar a que 11 abriera la puerta que da al exterior y escapar.

Hasta ese punto, Semejante había sido veinticinco veces 1, once veces 2, catorce veces 3, dieciocho veces 4, trece veces 5, trece veces 6, siete veces 7, treinta y una veces 8, doce veces 9 y tres veces 10.

El sistema de la mezcla y la asignación a dedo sobre máscaras idénticas hacía que a la Estadística misma le resultara difícil hacer su trabajo. Semejante intentaba inútilmente influir en las decisiones de 10 alterando imperceptiblemente su paso o con desesperados intentos telepáticos.

Ninguna de las tres noches que se le asignó la habitación 10 coincidió con una reposición.

Se preguntaba cómo estaría Semejante, si estaría urdiendo un plan similar o cuántas veces había ejercido de qué. En su caso habían sido diez veces 1, veintitrés veces 2, nueve veces 3, diecisiete veces 4, quince veces 5, quince veces 6, treinta veces 7, una vez 8, doce veces 9 y veintiuna veces 10. Fue tantas veces 10 que sentía que se le escapaban oportunidades de salvación como arena entre los dedos. Intentaba, por intuición divina, asignar a Semejante la habitación contigua a la suya. Obviamente, era inútil. Intentaba asignarle la habitación en el último lugar por si había tres segundos de soledad que les dieran la oportunidad de comunicarse.

El plan de Semejante de escapar aguardaba. La noche ciento cuarenta y cuatro, noche de reparto, entró en la habitación 7, sabiendo que tendría que esperar otra semana. Ocurrió algo. Sonó la alarma. El estruendo despertó a todas las máscaras, que se asomaron a las ventanillas de las puertas de sus respectivas habitaciones. Las luces se encendieron y permitieron a Semejante ver algo que no había visto en meses: una cara. Alguien que no llevaba ni toga ni máscara, y que agarraba de la nuca a una máscara de rodillas. El primer pensamiento de Semejante fue que esa persona era Nota, hasta que oyó la puerta de la habitación contigua abrirse y salió una máscara rápido hacia donde estaba Rostro, sujetando a la máscara, es decir, justo al lado de la alarma. Entonces recordó que era noche de reparto y al prestar atención sintió el motor encendido. Entonces entendió lo que había sucedido: 10 había tenido su misma idea y no le había ido bien. Se había quedado en el almacén hasta que llegó el coche, claramente conducido por Rostro y había intentado escapar. Es difícil adivinar qué falló exactamente, pero el resultado es que una máscara estaba de rodillas sujeta por la nuca por Rostro mientras Nota sacaba lo que parece un teléfono móvil de debajo de la toga. Se oyó cómo se abría la puerta de otra habitación. Una máscara salió con paso dudoso de la habitación número 10. Nota sacó un cuchillo y se lo dio. 10 lo cogió, pero no parecía poder moverse. Nota señaló a la máscara arrodillada con el índice de la mano izquierda. 10, cuya respiración se iba acelerando, atacó a Nota con el cuchillo. Nota esquivó el ataque y redujo hábilmente a 10 hasta llevar su pecho contra el suelo, sacó una pistola de debajo de la toga y le disparó en la cabeza. Seguidamente, se incorporó y disparó en la cabeza a la máscara arrodillada, quien murió con los estigmas propios de alguien que se protege la cara con las manos en una situación así.

Tan fuerte, tan sólida era la Ley, que no se oyó ni un grito. Ni de la máscara arrodillada, ni de 10, ni de las siete máscaras que presenciaron la breve masacre.

Nota hizo un leve gesto a Rostro. Rostro se fue. Entonces, Nota volvió a sacar su móvil y la puerta de la habitación 7 se abrió. 7. La de Semejante. Quien hasta ese momento había estado inmóvil a un lado de esa puerta, vio cómo se abrió. Entendió que eso podía significar pocas cosas. El gesto de Nota le acotó las opciones. Iba a ejercer de 10, ya que 10 había muerto. Debía ayudar a Nota a deshacerse de los cuerpos, y lo que es peor, a secuestrar a dos personas más y traerlas a ese infierno.

Salió cual autómata mientras su mente iba a más revoluciones que nunca: «¿Ha muerto Semejante? Si alguien aquí ha tenido exactamente la misma idea que yo, lo más probable es que sea mi doble, por lo tanto habrá muerto de rodillas y con ambas manos agujereadas por la misma bala que le ha destrozado la cara. ¿Y si era 10? Si era 10, lo más probable es que haya intentado matar a Nota al pensar que la máscara arrodillada podía ser yo. Es lo que yo habría hecho. Creo. En ese caso, ha muerto por intentar salvarme la vida innecesariamente. Otra opción es que sea una de las máscaras restantes y se esté haciendo exactamente las mismas preguntas».

Semejante cogió a la máscara arrodillada por las piernas, mientras se fijó en que la puerta de la habitación 1 estaba abierta (así como la 7, 8 y la 10). «La habitación 1 es la que está más cerca del almacén —pensó—. Es lo que yo hubiese hecho». Nota sostenía el cadáver de quien Semejante intentaba averiguar por el tacto si era Semejante. «Conozco sus piernas de toda la vida. Son las mías». El grosor de la toga le hizo imposible averiguarlo en el camino entre la sala central y la camioneta: la camioneta en la que llegaron. Nota dejó caer la cabeza de la difunta máscara para abrir la parte trasera de la camioneta. A Semejante se le descompuso el cuerpo al pensar que podía ser el cuerpo en temprana descomposición de Semejante. Cargaron ese primer cuerpo, y al volver a por el de 10, Semejante miró a las ventanillas, por si acaso alguna estuviese enviando alguna señal que dijera «Soy yo, estoy aquí, estoy bien». Vio seis máscaras idénticas. Cargaron el cuerpo de 10, cuyas piernas le parecieron idénticas a las anteriores. Nota apagó la luz, cerró la puerta y marcharon en camioneta.

Unas seis horas más tarde, estaban de nuevo frente a la puerta del Lugar. Nota abrió las puertas traseras de la camioneta con prisa, donde antes yacían dos cuerpos sin vida y de los cuales aún quedaba sangre. Sentadas sobre la sangre, había dos personas invadidas por todo el miedo que cabe en un cuerpo medio de máscara. Semejante miró a esas dos pobres almas que hacía apenas unos minutos caminaban libres, y veía en ellas a sus semejantes. Veía en ellas a Semejante. Nota sacó dos mudas envueltas en plástico y la nota. Mientras leían, Semejante pensó que la muda que le dio Nota la primera noche, no estaba envuelta ni doblada. Probablemente, pensó, porque las máscaras a quienes vinieron a sustituir murieron con la yugular seccionada por el cuchillo de cualquier 10 obediente (seguramente aún en el Lugar), y no con las máscaras destrozadas por un tiro, y que, por lo tanto, se pudieron lavar las togas y reutilizarlas, en lugar de incinerarlas junto a los cuerpos, como acababan de hacer.

Semejante recordó cómo horas antes, Nota le puso la pistola en su máscara cuando intentó levantar la de uno de los cuerpos. Fueron tres segundos eternos hasta que asintió con la cabeza en silencio y otros siete interminables hasta que Nota retiró el arma y siguieron con la tarea. Recordó cómo imaginó utilizar la llave de tuercas contra Nota mientras cambiaba una rueda a punta de pistola. También recordó cómo Nota, mientras conducía, cogió su teléfono y, al ver que estaba apagado, aceleró.

Entraron a prisa junto con las nuevas máscaras. 2, 3, 4, 5, 6 y 9 miraron brevemente a su llegada y volvieron a sus quehaceres. El reloj de encima de la alarma marcaba las 7:03. Se podía identificar a 9 vigilando y a 6 limpiando la sangre. 2 parecía haber asumido también la función de 1 para poder preparar el desayuno. Había dos opciones que Semejante debía tener presentes: que Semejante siguiese en el Lugar, o que fuese un puñado de ceniza.

Nota llevó a Semejante fuera del Lugar agarrando discretamente su brazo. Una vez fuera, Nota apagó el motor de la camioneta y volvieron dentro. Cuando Nota pasó por el lado de 6, que seguía quitando restos de sangre del suelo y la pared, paró en seco un segundo y volteó la cabeza hacia el suelo. Semejante lo entendió: el cuchillo de 10. No estaba. En ese momento el corazón se le aceleró, pero Nota pareció volver a su paso tranquilo.

Semejante trató de analizar la situación. Pensó que lo lógico sería que sacara la pistola y gritara: «¿Quién tiene el cuchillo?» y empezara a disparar a máscaras hasta que apareciera. Pero si lo hiciera, habría descubierto su identidad a nueve personas de constitución parecida a la suya que tenían motivos de peso para atacar y una de ellas tenía un cuchillo. Quizás pudiese abatir a tiempo a dos o tres antes de que el resto del grupo le quitara el arma, pero eso no era suficiente. Entonces comprendió el gesto de Nota de llevar a Semejante consigo a apagar el motor. Si Nota salía sin nadie, las nueve máscaras sabrían quién es, cosa que ya había pasado durante la noche, pero estando la mayoría de ellas encerradas en las habitaciones. Entonces no había peligro para Nota. Dos o tres máscaras, contando, además, con el apoyo de Rostro, eran más que asequibles. Al entrar Nota, Semejante y las nuevas máscaras al Lugar, las máscaras veteranas no podían distinguir entre las cuatro. Al salir a apagar el motor con Semejante, las opciones se redujeron a la mitad. Solo Semejante sabía bajo qué máscara estaba Nota y quizás no por mucho tiempo.

También pensó en el momento de la toma del cuchillo. El incidente se dio a las 2:51. Desde que Nota y Semejante marcharon con los cuerpos, el resto de máscaras no debieron tardar en ver el cuchillo olvidado e imaginar el cono de sucesos que eso abría. La insonorización de las habitaciones impediría que se pudieran comunicar, pero la visión del cuchillo y la masacre habrían mantenido a 2, 3, 4, 5, 6 y 9 en vela toda la noche con, además, una certeza y consciencia de grupo sin precedentes. Cada máscara debía estar muy convencida de que el resto pensaba igual. En silencio. Imaginó la tensión de las 6:57 sabiendo que nunca habían estado fuera de las habitaciones sin Nota en el Lugar, por razones obvias y tan peligrosas para Nota como el cuchillo. Imaginó que a las 7:00, se abrieron las puertas y salieron como bestias seis personas enmascaradas a coger el cuchillo. Y que hablaron. Y que parece imposible que se resistieran a la tentación de quitarse las máscaras. Imaginó que todas las Caras se vieron mutuamente y que habría al menos una leve sonrisa. E imaginó a Semejante. Se imaginó a Semejante buscando su cara, la suya propia, entre las demás y no encontrándola. Se imaginó a Semejante sabiendo que Semejante, o estaba fuera secuestrando a dos nuevas máscaras con Nota, o había muerto de un tiro en la cabeza. «Eso si no ha muerto de un tiro en la cabeza», pensó.

Semejante entendió que estaba en una posición única, no solo entre las demás máscaras, sino en la historia del Lugar. Era muy difícil que esa situación se volviera a repetir. Nota había cometido cuatro grandes errores: no recoger el cuchillo, quedarse sin batería para desactivar la apertura automática de puertas, llegar tres minutos tarde a la apertura, y dejar el motor encendido. El caos de aquella noche le estaba haciendo fallar. Debía estar pensando qué hacer tanto como Semejante. Y no debía ser fácil. Su única posibilidad de recuperar el control era que las máscaras no reaccionaran a tiempo antes de que se hiciera la mezcla nocturna. Pero quedaba un largo día.

Semejante avanzó andando cada vez más rápido hacia Nota, que se alejaba a paso fingidamente tranquilo. Se lanzó sobre Nota y le inmovilizó los brazos desde atrás mientras aún pasaba cerca de 6. Estaba a punto de gritar «¡Ahora!», pero no fue necesario. Una masa de togas se abalanzó sobre Nota mientras 6 le rebanaba el cuello con el cuchillo. Todas las máscaras quedaron en silencio durante más de treinta segundos en los que solo se oían los borbotones de sangre saliendo del cuello de Nota, algunos gemidos guturales y su cuerpo retorciéndose.

En un gesto lento y sincronizado, las nueve máscaras fueron levantadas descubriendo nueve caras derrotadas por el horror y la alegría. A Semejante le bastaba ver una sola. Y la encontró justo en frente, sonriente y sosteniendo un cuchillo ensangrentado entre sus semejantes.

⠙⠑⠧⠁⠝⠞ ⠇⠄⠕⠉⠿⠁⠝
⠎⠕⠥⠎ ⠇⠁ ⠋⠁⠇⠁⠊⠎⠑
⠎⠥⠗ ⠇⠁ ⠏⠁⠗⠕⠊ ⠙⠑ ⠛⠗⠁⠝⠊⠞
⠉⠑⠎ ⠍⠁⠊⠝⠎ ⠕⠥⠧⠑⠗⠞⠑⠎
⠃⠇⠑⠥⠑⠎ ⠑⠞ ⠝⠕⠊⠗⠑⠎

|~

⠞⠕⠥⠞⠑⠎ ⠇⠑⠎ ⠍⠁⠊⠝⠎ ⠕⠝⠞ ⠇⠁ ⠍⠣⠍⠑ ⠞⠁⠊⠇⠇⠑
⠿⠞⠁⠊⠞ ⠎⠑⠥⠇⠑
⠇⠁ ⠏⠑⠗⠎⠕⠝⠝⠑ ⠎⠑⠥⠇⠑ ⠙⠁⠝⠎ ⠇⠁ ⠛⠗⠕⠞⠞⠑
⠁ ⠗⠑⠛⠁⠗⠙⠿ ⠙⠁⠝⠎ ⠇⠑ ⠃⠗⠥⠊⠞
⠙⠁⠝⠎ ⠇⠑ ⠃⠗⠥⠊⠞ ⠙⠑ ⠇⠁ ⠍⠑⠗
⠇⠄⠊⠍⠍⠑⠝⠎⠊⠞⠿ ⠙⠑⠎ ⠉⠓⠕⠎⠑⠎

|~

⠑⠞ ⠁ ⠉⠗⠊⠿
⠚⠑ ⠎⠥⠊⠎ ⠟⠥⠊ ⠁⠏⠏⠑⠇⠇⠑
⠚⠑ ⠎⠥⠊⠎ ⠟⠥⠊ ⠁⠏⠏⠑⠇⠁⠊⠞
⠟⠥⠊ ⠉⠗⠊⠁⠊⠞ ⠊⠇ ⠽ ⠁ ⠞⠗⠑⠝⠞⠑ ⠍⠊⠇⠇⠑ ⠁⠝⠎
⠚⠑ ⠞⠄⠁⠊⠍⠑

|~

⠞⠕⠊ ⠟⠥⠊ ⠑⠎⠞ ⠝⠕⠍⠍⠿⠑
⠞⠕⠊ ⠟⠥⠊ ⠑⠎ ⠙⠕⠥⠿⠑ ⠙⠄⠊⠙⠑⠝⠞⠊⠞⠿
⠚⠑ ⠞⠄⠁⠊⠍⠑
⠙⠄⠥⠝ ⠁⠍⠕⠥⠗ ⠊⠝⠙⠿⠋⠊⠝⠊
⠓⠙⠙⠙⠚

|~

⠍⠲⠙⠲

Petites pièces pour piano: III. - N. Boulanger (=)

Código

Tres personas frente un mensaje escrito. Una llora desconsoladamente. Las otras no. Esto ocurre porque solamente la persona que llora comprende el texto. Otra le pregunta en su mismo idioma qué pone. La que llora solo puede llorar. Entonces, la que quiere saber, agarra del brazo desesperada a la tercera. Esta no habla su idioma, no obstante, sabe leer su alfabeto, pues es el suyo propio, y entiende la urgencia de quien quiere saber. Lee en voz alta el mensaje torpemente, traduciendo esos símbolos en sonidos que a sus propios oídos no quieren decir nada. Entonces, la que quiso saber comienza a llorar desconsoladamente.

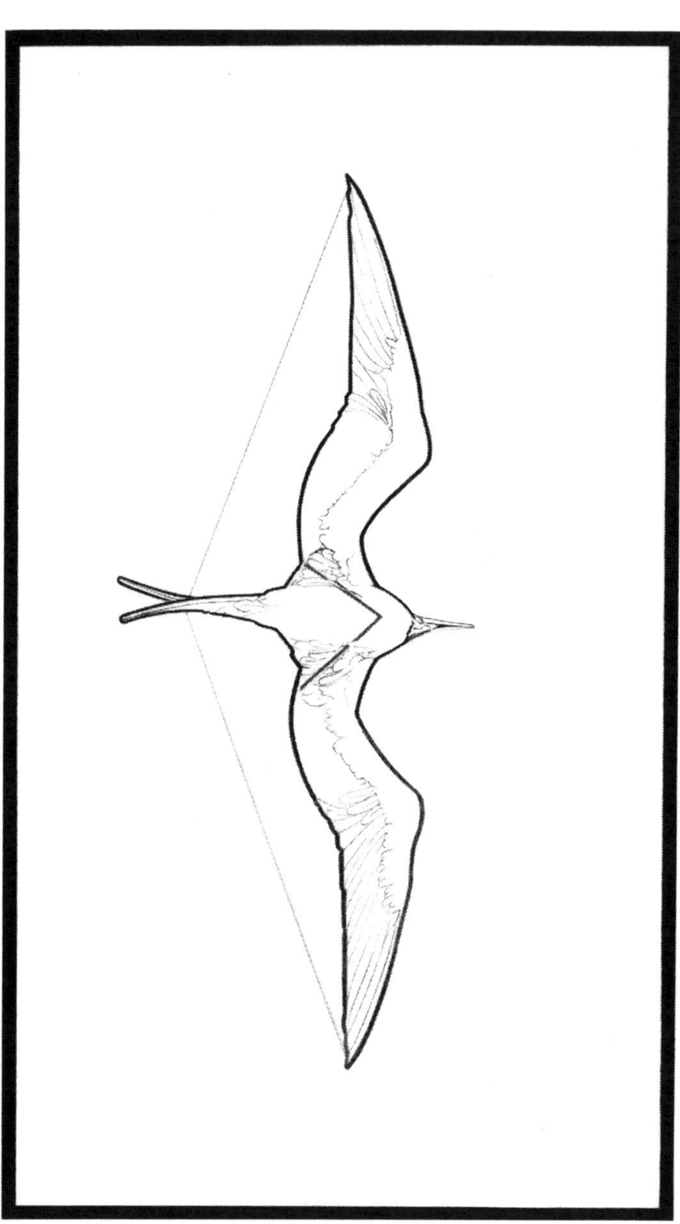

Ich bin der Welt abhanden gekommen –
G. Mahler / M.Forsström (=)

Pájaros

Una persona enamorada del cielo. De todo lo que en él sucede, todo lo que de él cae, todo lo que en él se pierde. Ve en el cielo un cuadro que nunca acaba de hacerse, pero en cada instante es perfecto. El eterno regalo a los ojos mortales. Se le ha oído decir «Un cielo estrellado es la belleza más compleja que hay y la más sencilla. El arcoíris y la aurora boreal son licencias poéticas de Dios. La lluvia es una ofrenda para cada uno de los sentidos; la nieve, el silencio que cae».

Una persona enamorada del cielo contempla las nubes y sus formas. Imagina. Cada nube le sugiere algo. No siempre objetos concretos, sino que, a veces, las más informes le recuerdan a una caricia, a un mes o a la música.

En una ocasión, vio una nube con forma inequívoca de flecha. Pensó: «¿Es una flecha que indica o una lanzada por un arco?». Recapacitó. Se dio cuenta de que ambas cosas son la misma y de que esta terrible verdad no ha tenido siquiera el pudor de camuflarse tras nombres diferentes. Se dio cuenta de que llevaba toda la vida usando la misma palabra para las veloces herramientas de muerte y para las señales que guían a quien camina. Se dio cuenta de que en algún momento de la Historia, el ser humano ha elegido un símbolo bélico y letal para representar la dirección de cualquier camino, la dirección de la vida de la gente, en lugar de elegir cualquier otra cosa más bella y menos hiriente que pudiera indicar una dirección, como, por ejemplo, un pájaro.

Sintió que esa nube era la flecha que indicaba *su* dirección. Que su dirección eran todas las flechas de todos los caminos del mundo. Que su destino era convertir todas las flechas en pájaros. Y que lo haría igual que lo hace el cielo: pintando.

Emprendió camino. Cada vez que encontraba una flecha en una señal, la convertía en un pájaro; cuando se cansaba, se tumbaba a mirar el cielo; cuando le preguntaban qué hacía, respondía que convertir todas las flechas de todos los caminos del mundo en pájaros; cuando le preguntaban por qué lo hacía, respondía que para que la gente dejara de ir lanzada y empezara a volar.

Cuando llegó, después de incontables pájaros, al Fin de la Tierra, se sentó en el borde unas horas. Al mirar hacia delante se veía lo mismo que al mirar hacia arriba. Contempló feliz. Se levantó, miró el cartel que decía «Principio del Cielo», convirtió la última flecha que quedaba en el mundo en el más bello y más sencillo de sus pájaros, besó la Tierra y empezó a volar.

***

L'Ascension, quatre méditations symphoniques: IV. Prière du Christ montant vers son père – O. Messiaen (=)

La Balanza

Despertó en el espacio. En mitad de la Nada y del Todo. Lo que siempre había imaginado como frío e inhóspito resultó ser extrañamente familiar, como los recuerdos anteriores a los que creíamos primeros. Como cuando escuchamos la voz de quien nos dio a luz poniendo una oreja sobre su espalda y tapándonos la otra con la mano. ¿Cómo he olvidado esto, si lo era todo? ¿Cuándo ha pasado? ¿Qué ha podido eclipsar esto, si no existe otra cosa?

Tenía en frente toda una galaxia. Tenía todas a su alrededor, pero en frente, una. Majestuosa y, a sus ojos, inmóvil. La inmensidad de la que era testigo le hizo pensar que, seguramente, esa galaxia era diminuta en comparación con muchas otras, y que esas otras y otras muchas eran incontables. Imaginó un universo de tamaño ya inconcebible expandiéndose a mayor velocidad que la luz que permite verlo. Intentó visualizar, sin éxito, la diferencia de tamaño entre la galaxia más irrisoria del universo y su propia mano. Miró su mano.

Volvió a tener la sensación de que cualquier paso hacia la consciencia, cualquier expansión del conocimiento implica una más profunda aceptación de lo insignificante del individuo.

Entonces, imaginó una galaxia en la palma de su mano. Imaginó una galaxia en la punta de cada uno de sus dedos. Imaginó un universo en su pecho. Pensó que, aunque ese universo imaginado *tiene lugar en* el universo tangible, no *ocupa lugar* en él. Imaginó un universo en cada poro de su cuerpo. ¿No es, acaso, mi mente más ilimitada que el universo mismo? ¿Y las miles de millones de mentes que hay en mi mundo? ¿Y las que ya ha habido? ¿No ha soportado más realidad, más realidades, más imágenes, posibilidades, la Mente que el universo tangible? Al margen de toda creación humana previamente imaginada, está cada palabra no pronunciada, cada sensación inefable, color invisible, sueño informe, cada imagen no materializada de cada una de las mentes habidas.

Imaginó una balanza tan grande que no hubiese cabido en el universo mismo, que soportaba a un lado al mismísimo Universo, y al otro, todo lo concebido, pensado, sentido e imaginado por la Mente.

Volvió a tener la sensación de que cualquier paso hacia la consciencia, cualquier expansión del conocimiento implica una más profunda aceptación de la inmensidad del individuo.

***

The Unanswered Question - Ch. Ives (>)

Creo

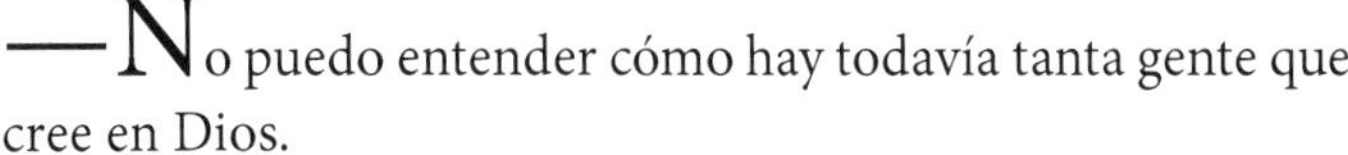

—No puedo entender cómo hay todavía tanta gente que cree en Dios.

—Yo creo en Dios.

—¿Qué?

—Que yo creo en Dios.

—¿Tú?

—Sí.

Silencio.

—¿En serio?

—Sí.

—Pero... ¿no crees que la Ciencia ha dado ya suficientes motivos como para desconfiar, al menos un poco, de la idea de Dios?

—Primero: no. Segundo: no veo la incompatibilidad entre Dios y la Ciencia.

—Hm. Me sorprende que de verdad creas que existe un ser omnipresente y omnipotente que creó el Universo así, de repente.

—Bueno, no digo que exista.

—¿Cómo?

—Que yo no sé si existe.

—Pero me acabas de decir que crees en Dios.

—Claro, pero yo no sé si existe o no.

—Pero, entonces, se podría decir que no sabes si crees en Dios o no, simplemente.

—No. Yo creo en Dios. Eso es seguro. Pero eso es independiente del hecho de que exista o no. ¿Entiendes? Eso da igual.

—Pero, ¿cómo va a dar igual si existe o no?

—Porque el resultado es el mismo.

—Eso es como admitir que no existe.

—No. Lo que pasa es que en el mismo acto de creer... Mira, un ejemplo: las crisis. Cada vez que se anuncia una, escasea algo. La última vez fue...

—Fue la leche.

—La leche. Se dijo a la población «No va a haber leche suficiente». La gente entró en pánico, y compró toda la leche que pudo. Como consecuencia...

—Se agotó la leche.

—Claro. Y hubiera habido de sobra. Pero al haber un conjunto de personas que lo creyó, aquello se convirtió en una realidad tangible.

—Bueno, entiendo la analogía, pero como para creer en Dios tampoco es.

—Vale. Dime qué crees que mueve el mundo. Qué mueve todo. Qué hace que se mueva la gente, los países, las grandes entidades, las pequeñas...

—El dinero.

—El dinero. ¿Crees en el dinero? ¿Crees que existe? ¿Dónde está? ¿Qué es el dinero? El dinero es creencia. Es decir: le atribuimos consensuadamente un valor virtual a un trozo de metal. Incluso cuando las monedas en sí estaban hechas de algún metal precioso y el dinero todavía estaba sujeto a algo tangible, ya el valor de esos metales era un acuerdo mental, puesto que no eran metales especialmente útiles, y menos en forma de moneda. Pero las monedas empezaron a fabricarse de materiales mucho menos valiosos. Yo no sé si existe oro suficiente en la reserva nacional de un país para soportar todo el dinero líquido que hay. Pero me da igual. Y todo el mundo sabe que ese trozo de metal en sí no vale absolutamente para nada. A menos, claro, que se crea en él. No vale absolutamente para nada si no subes al barco en el que navegan sociedades enteras que sí le otorgan mentalmente ese valor. De ahí el término «crédito». Del credo. De creer. La gente, la grandísima mayoría de la población mundial, en menor o mayor profundidad, es consciente de esto. De que el dinero en sí, no vale para nada. No te alimenta, no te da cobijo, no es una herramienta, no huele bien, no es bonito, no puedes dialogar con el dinero. La gente es consciente de que solo es útil si realizas intercambios con otra persona que le esté atribuyendo el mismo valor que tú. Y que esa atribución es únicamente mental. La gente lo sabe y aun así, la mayor parte de las personas se rigen por el dinero. Dirigen sus vidas hacia tener algo o hacia tener más. Hay guerras sanguinarias por el dinero. La gente vive, muere y mata por él. Pues qué quieres que te diga. Si creo en el dinero, por qué no en Dios.

Esta analogía parecía más sólida. No es que Quien No Cree fuera a creer de repente en la existencia de Dios. Pero sí en creer. Sí entendió que *creer crea.* Que decir «yo creo» es una cosa y es la otra. Que si el infinitivo es el terreno verbal de lo que existe y el subjuntivo es el de lo que puede existir, «creemos» y «creamos» son un binomio mágico, en el que cada cual es el inconsciente del otro, su abanico de futuros posibles. Su subjuntivo.

Comenzó a plantearse cuántos grandes pilares de la sociedad, como son Dios y el dinero, eran soportados por creencias. Hizo una pequeña incursión en las naciones. Obviamente, son abstracciones humanas sujetas a un territorio, que han cobrado suficiente vida, no solo como para atacar una a otra, sino como para que podamos *decir que* una nación ataca otra, y no las personas de una nación a las de otra. Pensó que, asimismo, cualquier institución, entidad, empresa o asociación nacían de un apretón de manos con subtexto «tú y yo, de ahora en adelante, haremos como si esto que no existe, existiera, para dialogar con otras personas que actúen de igual manera, creando así beneficio para la Idea y en consecuencia para ti y para mí». Visitó la idea de la Familia (también, al igual que «crédito», con una etimología muy reveladora), aunque le pareció más natural que surgiera sin esfuerzo, puesto que la crianza conlleva un tiempo y un sentido de pertenencia, y de ambas cosas nacen lazos irremediablemente. No eran revelaciones. Ninguna de estas cuestiones era realmente nueva, pero sí la puesta en perspectiva tras escuchar a Quien Cree. Indagó con la ilusión de encontrar una verdad demoledora que lo cambiara todo, como «El tiempo es una creencia y nos podemos librar de ella» o «El Yo no existe». Ninguna se sostenía.

—Bueno, y entonces, ¿qué?

—¿Qué de qué?

—Que esto debería servir para algo, ¿no?

—¿A qué te refieres?

—Pues que esto que dices, como ejercicio de consciencia, está muy bien, pero es como llegar a la fuente de la eterna juventud y no beber un poquito.

—No te entiendo.

—Admitamos que cuando se cree en algo, especialmente si es un grupo el que cree, ese algo puede materializarse y, mientras que perdure esa creencia, en efecto, existir.

—Sí.

—Entonces, eso da a quien es consciente de ello un poder tremendo, ¿no?

—Sí.

—Y diría que, por lo tanto, una responsabilidad igualmente tremenda, ¿no?

—Sí.

—Lo que digo es que tiene que haber algo, nuevas entidades mentales que no se hayan pensado aún y que serían beneficiosas para el individuo y para la Humanidad, ¿no?

—Sí.

—Y no hablo de entidades humanitarias, sino de algo que corra por las venas y arterias de una sociedad. Como Dios o el dinero. Un concepto nuevo, que podría suponer un cambio sustancial en nuestra existencia.

—Lo hay.

—¿Y cuál es?

—No lo sé.

Silencio.

—Pero tiene que haberlo, ¿no lo crees?

—Yo lo creo.

—Yo también lo creo.

Quien No Cree se convirtió, casi sin saberlo en Quien Crea.

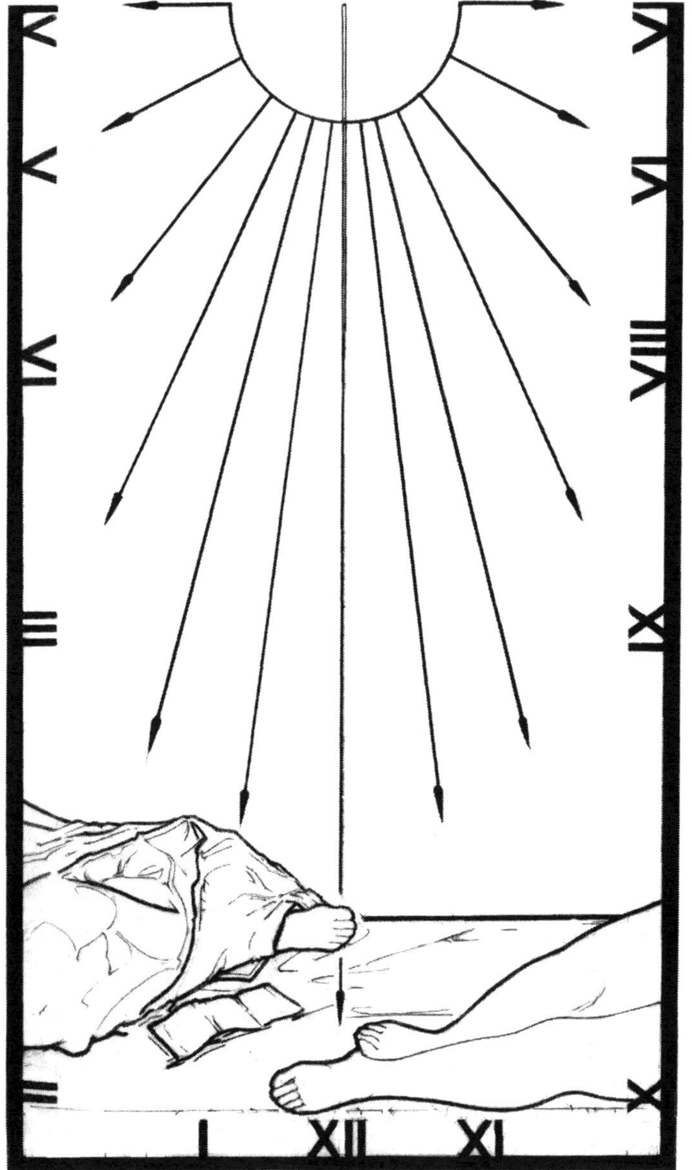
I XII XI

Piano Sonata in G minor: II. Adagio – C. Schuman

Nana

«Amor,

Me he tenido que ir. Le van a hacer más pruebas. No creo que salga del hospital antes de las 2:00. Tú duerme, no me esperes, que no te encontrabas muy bien hoy. Mañana entro a las 7:00. Intentaré no despertarte. Nos vemos mañana por la noche.

T.».

Amor lee la nota a las 22:42 y muere a las 23:11 de un derrame cerebral mientras intenta conciliar el sueño. T llega a casa a las 2:51, entra sigilosamente en el dormitorio, se desviste y se tumba en la cama. Desplaza con suma delicadeza un brazo que ocupa su mitad de la cama, besa a Amor en la frente sin ver en la oscuridad la horrible expresión de su cara, y duerme. A las 6:00 suena la alarma. T se levanta a duras penas, coge algo de ropa y susurra «te quiero» antes de salir.

L'Ascension, quatre méditations symphoniques: I. Majesté du Christ demandant sa glorie à son père. - O. Messiaen (=)

El Verbo

«(...) Que incluso si el tiempo no es sino una ilusión mental, una impresión puramente humana, debe representar algo, o estar regido por algo cuya naturaleza no sea ilusoria;

Que el concepto de "ahora" es de factura tan humana como otros muchos, que no son sino un salvavidas en la inconmensurable vastedad de Lo Que Existe y sus leyes, puesto que en cada rincón del Universo, el término "ahora" hace referencia a un momento único y no extrapolable;

Que algunas Antiguas Escrituras ya refieren este hecho, alegando que lo que para la Humanidad es un milenio, para la Divinidad es un solo día;

Que siglos más tarde a dichas escrituras, la Ciencia postularía que el tiempo pasa más lento para quien está bajo mayor influencia gravitatoria;

Que no es difícil establecer una relación entre estos dos últimos hechos, imaginando (dado que las cosas, cuanto más elevadas suelen gozar de menor densidad y por tanto de menor influencia gravitatoria) que si hay una entidad divina, será mucho más sutil que densa, y como consecuencia, el tiempo pasará para ella a muchísima más velocidad (acaso alcanzará el estatismo), que para cualquier inteligencia que habite un planeta;

Que ciertas experiencias en torno al sueño ya nos manifiestan la maleabilidad del tiempo, permitiéndonos vivir períodos dilatados en lo que en vigilia percibiríamos como escasos minutos, y que, por lo tanto, el yo soñado percibe el tiempo más lentamente que el yo vigilante;

Que al igual que los acontecimientos que se dan en un sueño tienen lugar únicamente en la mente de quien sueña, existen corrientes de pensamiento que afirman que el universo es una ensoñación que sucede en la mente de aquello que llamamos Dios;

Que tantos libros sagrados subrayan la importancia de la palabra divina (no solo del mensaje, sino de la palabra en sí), hasta el punto de guardar con sumo celo la lengua en que fueron originalmente escritos y negar las inevitables mutaciones que sufren todos los idiomas con el paso de esto que venimos tratando y a lo que llamamos Tiempo;

Y, por último, que la velocidad a la que se propaga la luz parece ser absoluta, siendo pues, la misma cuando se emite desde un sistema en movimiento con respecto a un punto fijo o desde el propio punto fijo;

Expongo que debe haber terrenos o estadios en los que sea posible un diálogo entre diferentes corrientes del tiempo, o, dicho de otro modo, que una sola consciencia transite dos *tempi* distintos, simultáneamente. O más. O todos ellos.

Para ilustrar esta propuesta, me remitiré a una experiencia personal y reiterada, que, con seguridad, no serán pocas las personas que la puedan relacionar con su propia vivencia:

Así pues, múltiples veces he despertado pronunciando en voz alta palabras que pronunciaba en mi ensoñación, fenómeno que siempre interpreté como un intento malogrado de revelación. Intento proveniente de no sé qué tipo de entidad, y malogrado, claro está, por mi acotada inteligencia. No obstante, en una ocasión en particular, el mensaje me fue servido en bandeja. Soñé que contaba al son de las agujas de un reloj. Me despertó mi propia voz continuando dicha cuenta a un ritmo que tanto el segundero de mi reloj como la persona con quien comparto lecho pudieron confirmar que era de sesenta pulsos por minuto (si no exacta, aproximadamente), tal y como lo percibía mi yo soñado. Es decir, la cuenta que llevaba mi yo soñado en su ralentizada corriente temporal sucedía al mismo ritmo que la que pronunciaba mi voz en esta corriente de vigilia, de igual manera que, como ya ha sido mencionado, un rayo de luz emitido desde, por ejemplo, un vehículo en marcha viaja a la misma velocidad que otro emitido desde un punto fijo de la superficie que sostiene dicho vehículo.

¿Es posible, entonces, que La Palabra viaje, o pueda viajar, así como lo hace la luz, a una velocidad absoluta?».

Hacía más de ochocientos días que no llegaba ninguna entrada al buzón de Aportaciones Públicas. Ese día llegaron dos. Las dos abordaban asuntos vertiginosamente cercanos con un posicionamiento casi diametralmente opuesto. La segunda, significativamente más breve, pero no por ello menos significativa, rezaba:

«Ese gran estallido que dio comienzo al universo según la ciencia y que no pocas religiones han descrito como La Palabra o El Verbo sigue sonando en frecuencias del todo imperceptibles al oído humano, y no resonando como he llegado a leer de puños poco rigurosos.

Esas ondas no son el eco de nada. No son la consecuencia de nada, sino la causa de todo.

Ruego a las entidades competentes, que dediquen toda su energía y sus recursos a recoger, registrar, estudiar y recomponer ese sonido inaudible, pues no es sino la Voz misma, la pronunciación *original y en curso* de la Palabra de la que emerge el Universo».

Psalms of Repentance: XII. - A. Schnittke. (=)

El Coro Solar

Lo único que el resto sabía era que el grupo de doce, el grupo de Quienes se encargan de que amanezca, sube la colina a diario once tiempos antes de que lo haga el Sol, se sienta en círculo y canta. Hay, sin embargo, quienes niegan este último hecho, desde que la curiosidad arrastró a cuatro oídos por la noche hasta el rincón más oscuro de la colina tres tiempos antes de que llegara el grupo de doce y formara un círculo que descubrirían ensordecedoramente mudo.

Lo cierto es (y no es esto testimonio ni conjetura, sino la Verdad misma), que el coro de doce sublimó tiempo ha la polifonía solar hasta lo puramente mental, prescindiendo así de la voz y de lo que comúnmente se conoce como sonido. No obstante, el evento sonoro, la armonía que invocaba a la gran bola de fuego, tenía lugar en las mentes de Quienes se encargan de que amanezca, con no menos precisión que la que imprimieron otrora sus voces. Cada mente guardaba una consciencia absoluta y absolutamente presente de cada una de las cuatro líneas que conformaban la armonía solar. Cada voz interna, o voz mental, reaccionaba a los impulsos e inflexiones de las otras, como lo hacen los diferentes miembros de un organismo en movimiento.

Cuando se estableció el Nuevo Mandato, regido por personas que nada tenían que ver con el grupo de doce, con los oídos curiosos ni con los alrededores de la colina, se dictaminó la disolución del coro solar, puesto que, argumentaban, este gozaba de privilegios poco merecidos a cambio de una labor absurda, como es la de invocar a un Sol que, sea o no invocado, se eleva. Cuando el Nuevo Mandato, tras una orgullosa y oscura espera de seis malogrados soles, quiso restaurar el grupo de doce, Quienes se encargan de que amanezca habían partido.

Traían el Sol adonde se les permitía cantar en silencio.

***

Symphony No. 1 in E Minor: II.Largo, maestoso – F. B. Price (</)

Cracias

Los asuntos de Estado se resolvían a hostias. Había un órgano central que se encargaba de recoger las peticiones y propuestas del pueblo y hacerlas públicas mensualmente en el tablón de la Plaza. Entonces, el pueblo organizaba los Grupos de Opinión que participarían en los llamados debates. Cada uno de estos debates constaba de diferentes duelos, uno por propuesta o petición presentada.

Los Grupos de Opinión eran, en esencia, personas que se asociaban puntualmente, solo porque compartían opinión con respecto a una sola de las cuestiones a debatir. Por lo tanto, si un mes se celebraban veinticinco duelos, cualquier habitante que participase en los Grupos de Opinión, participaría, probablemente, en veinticinco grupos distintos, a no ser que se declarara indiferente con respecto a alguno de los asuntos en cuestión, cosa que ocurría en contadas ocasiones. De igual manera, lo natural era que una persona coincidiese con otra en concreto en algunos de esos grupos y en otros no, o lo que es lo mismo, que en algunos asuntos estuvieran de acuerdo y en otros no. No había un sentimiento de pertenencia a un grupo político que fuera más duradero que el planteamiento y resolución de un asunto.

Cada Grupo de Opinión designaba una representación en el duelo, que podía ser cualquier miembro del grupo. No obstante, los debates constituían la principal fuente de entretenimiento del pueblo, por lo que no era poca la gente que estaba muy preparada para ellos. Había afición. Como consecuencia, muchas caras elegidas como representantes eran ya habituales. Cuando no había consenso en la elección de representante, se resolvía de la manera más lógica: con otro duelo. Cuando no había dos, sino más candidaturas, se celebraba un torneo piramidal. También en los debates estatales, si había más de dos resoluciones posibles, se resolvía de esta misma forma. Por ejemplo: «La nueva fuente se construirá en el distrito dos, tres, seis u ocho». Entonces, se formaban cuatro Grupos de Opinión para este asunto, cada uno de los cuales proponía a su representante. Se hacían dos duelos (supongamos que distrito dos contra tres y seis contra ocho), y las representaciones ganadoras (supongamos dos y ocho) lucharían entre sí, dejando una sola resolución ganadora (da igual la que supongamos).

El primer día de la primera semana del mes se anunciaban en el tablón de la Plaza las propuestas y peticiones. A lo largo de esa semana se organizaban los Grupos de Opinión y se elegían representantes. El sexto día de la segunda, tercera y cuarta semana del mes, se celebraban los debates. Cualquier día de cualquier semana del mes se podían presentar propuestas. El Órgano Central se encargaba de recogerlas, ordenarlas y organizar el siguiente debate. Ese era su único trabajo, junto al de llevar a cabo las propuestas resueltas.

Los debates se celebraban en un anfiteatro que gozaba de un aforo (casi siempre completo) de novecientas treinta y ocho personas. Naturalmente, el público no se organizaba por Grupos de Opinión, dado que se celebraban varios duelos en la jornada. Por lo tanto, la gente simplemente se sentaba con quien le tocara al lado y disfrutaba del espectáculo. Por cortesía del Órgano Central, se repartía comida gratuita durante los debates. Nada ostentoso, pero suficiente para que el pueblo encontrara política, pan y circo en un solo sitio. La gente no recibía las resoluciones desfavorables con más tragedia que un día de lluvia. Principalmente, por dos motivos: por una parte, la estadística dictaba que alguna que otra resolución de la jornada resultaría favorable; por la otra, siempre se puede presentar una contrapropuesta para revertir la resolución desfavorable tras un plazo, por supuesto, de seis meses, como dicta la Ley. Si entonces, el Grupo de Opinión elegía mejor representante, habría más suerte.

El número de duelos se repartía lo más equitativamente posible entre los tres días mensuales de debate, a menos que un mes se hubieran presentado extraordinariamente pocas propuestas, en cuyo caso, se dividían entre el sexto día de la segunda y la tercera semana del mes. En estos casos, el sexto día de la cuarta semana del mes, actuaba en el anfiteatro la compañía de teatro y circo. No mucho público acudía en estas ocasiones.

Los duelos se desarrollaban dentro de una circunferencia dibujada en el suelo. Había un máximo de cinco rondas por duelo. Quien pisaba fuera de la circunferencia o pasaba cinco segundos en el suelo sin erguirse perdía la ronda; quien perdía tres rondas, perdía el duelo. La duración de los duelos era variable. Hay que tener en cuenta que la mayoría de representantes era gente muy entrenada y por lo tanto los duelos solían estar bastante reñidos. La media solía estar en unos doce minutos, el rango medio entre ocho y dieciséis, y algunos casos extraordinarios en los que un duelo podía durar unos dos minutos y medio (cuando el nivel era muy desigual) o hasta veinticinco, en los que representantes y público acababan exangües. De media, había unos siete duelos por debate.

He aquí un listado de propuestas de un mes corriente y sus resoluciones:

- Prohibir que la población inmigrante adquiera bienes inmuebles: Aceptada.

- Añadir las tareas domésticas como materia obligatoria en la educación pública: Aceptada.

- Limitar la producción de vegetales exóticos cuyo cultivo es perjudicial para el cultivo autóctono: Denegada.

- Prohibir las reuniones de más de diez personas en la vía pública tras la puesta de sol: Denegada.

- Tres meses de cárcel para quienes escribieron un mensaje ofensivo y amenazante en la fachada de quien hace la petición: Aceptada.

- Incluir en el calendario fiestas en honor a la invención de la rueda, la palabra hablada y la música: Aceptada.

- Prohibir la prostitución: Aceptada.

- Sanidad pública básica: Aceptada.

- Suprimir los signos de puntuación del lenguaje escrito: Denegada.

- Exclusividad del color verde en las fachadas para el distrito cinco: Denegada.

- Indemnización a la junta vecinal del distrito tres, en compensación a los daños inmuebles ocasionados durante las construcciones realizadas por el distrito cuatro en terrenos aledaños: Denegada.

- Legalización del matrimonio entre personas y animales: Aceptada.

- Legalización de cualquier sustancia estupefaciente: Aceptada.

- Quien tala un árbol debe plantar dos: Aceptada.

- Cárcel para delincuentes a partir de los catorce años de edad: Aceptada.

- Ley de control de la natalidad que limite a las familias a tener un máximo de dos criaturas: Denegada.

- Existe lo divino, pero no existe obligación de responder ante ello: Aceptada.

Como puede apreciarse, las peticiones y propuestas son de naturaleza diversa, y su resolución no sigue una dirección política de ningún tipo. Esta depende únicamente de qué representante gane el duelo. Esto quiere decir que quien mejor luche tiene mayor influencia política, por lo que no es de extrañar que en numerosos casos, a brillantes representantes les llegaran ignominiosas propuestas, sin duda ilegales, de asociarse a determinado Grupo de Opinión a cambio de dinero o favores por parte de alguien con particular interés por que una propuesta fuese aprobada o denegada.

Las propuestas y peticiones podrían ser solicitadas por cualquier habitante o grupo de habitantes. El Órgano Central hacía un buen papel cumpliendo con las resoluciones, excepto por algunos casos extremos en que las mismas eran poco realistas, como: «El total de la población recibirá del Órgano Central un sueldo mensual igual al de cualquier integrante del mismo por el hecho de ser habitante», o «Celebración del suicidio en masa en la Plaza el último día del presente año». Esas se desestimaban aunque su representante ganase el duelo.

Un día, llegó una propuesta insólita:

- Sustituir los duelos marciales por los duelos verbales y la Hostiocracia por la Votocracia.

La voz que anunciaba las propuestas el primer día de la primera semana de ese mes se entrecortó al leer esta. La gente se echaba las manos a la cabeza. Se removían las entrañas del pueblo. «Hemos visto de todo. Aceptamos todo. Pero esto, no». No obstante, la Ley es la Ley y no había un motivo por el que no incluir la propuesta en el debate.

La formación de los Grupos de Opinión para este asunto fue más rápida que de costumbre y más desigual que nunca: novecientas treinta y siete personas en contra; una a favor. Obviamente la Persona de Opinión era la que hizo la propuesta. Era parte de la compañía de teatro y circo y jamás había participado en los debates, ni como Grupo de Opinión ni como público. Y mucho menos como representante.

Su propuesta habría despertado mucha más hostilidad por parte del pueblo si no fuera porque un Grupo de Opinión formado por una única persona (Persona de

Opinión), además de constitución bastante ligera, inspiraba poco respeto.

El día de la celebración del duelo trajo especial expectación. Se le asignó el sexto día de la última semana del mes. La elección del representante del Grupo de Opinión que defendía el viejo orden fue reñida. Además de que nunca en la historia se había formado un grupo tan numeroso, pocos asuntos habían levantado tantas pasiones. Muchas candidaturas buscaban ser la cara que salvó la Hostiocracia, los debates y todos esos sextos días de comunidad, diversión y política hecha, según decían, como Dios manda. Era la identidad misma del pueblo. Tuvo lugar un torneo piramidal con cuarenta y ocho candidaturas, es decir, se celebraron cuarenta y siete combates para elegir representante. Naturalmente resultó elegida una cara conocida.

Para sorpresa del público, no hicieron falta las cinco rondas para que Persona de Opinión ganara el duelo. La agilidad típica del circo es un arma que los músculos representantes del Grupo de Opinión contrario no vieron venir. Las tres primeras rondas dejaron a la representación de dicho grupo fuera de la circunferencia. El silencio que inundó el anfiteatro era funerario. Los duelos restantes de aquellos debates no tuvieron lugar porque la Hostiocracia había sido abolida. El dolor de esta resolución sí salió del anfiteatro. La gente lo llevó a sus casas.

El nuevo sistema, en esencia, no sería tan diferente. El primer día de la primera semana del mes, se presentaban las propuestas y peticiones. Durante esa semana se formaban los Grupos de Opinión Provisional para cada asunto y se elegía representante. El sexto día de la segunda, tercera y cuarta semana, se celebraban los debates. No obstante, los duelos serían una exposición verbal de ideas y los Grupos de Opinión

Provisional, elegirían sus representantes en base a sus argumentos y cualidades de oratoria. Después de cada duelo, cada miembro de cada Grupo de Opinión Provisional votaría tras evaluar las exposiciones de ideas, independientemente de si coincide con su opinión original y la de su grupo. La votación se hacía mediante el recuento de pancartas a favor o en contra. La asistencia a los debates bajó en un ochenta por ciento. «Esto parece día de teatro», se escuchaba decir. Seguía habiendo gente que asistía y participaba porque los asuntos de estado eran algo que seguía preocupando a la población y las demandas y propuestas seguían surgiendo. Pero en nada se parecía aquello a los antiguos debates. Se siguieron aprobando y denegando propuestas y peticiones con normalidad y sopor.

Como era de esperar, seis meses más tarde, llegó una propuesta: la abolición de la Votocracia y la restauración de la Hostiocracia. Llegaron doscientas veinte propuestas idénticas, pero se leyeron como una sola (aparte, por supuesto, de las demás propuestas existentes).

El día del debate (esta vez, la segunda semana del mes), los Grupos de Opinión estaban de nuevo muy descompensados: novecientas veintiocho personas contra nueve. Hay que reconocerle a Persona de Opinión que su propuesta caló en algunas consciencias.

La asistencia volvió a ser lo que solía ser. Se eligió a Persona de Opinión como representante de, esta vez sí, su Grupo de Opinión. Y por algún tipo de justicia poética por parte del grupo contrario, repitió contrincante.

Persona de Opinión expuso:

«Habitantes. Congéneres. Gentes civilizadas y pensantes de esta, nuestra tierra. Creo que estarán de acuerdo conmigo en que en los últimos seis meses hemos dado importantes pasos por el camino de la Consciencia y el Civismo. Ayer, dábamos patadas en el costado a la oposición; hoy, la escuchamos y valoramos su *opinión*. Ayer, la fuerza bruta era nuestra guía; hoy lo son la inteligencia, el sentido común y el raciocinio. Ayer, participaba en la política quien quería violencia; hoy, participan quienes se preocupan por el bienestar social y la prosperidad del pueblo. ¡Ayer, las peticiones y propuestas no tenían valor! ¡Solo los golpes tenían valor! Hoy, se escuchan los porqués, los motivos de nuestras propuestas. ¡Hoy, incluso hay quien cambia de opinión después de un discurso!

¡Y no hay nada más precioso y evolutivo en el mundo que alguien capaz de cambiar de parecer o de paradigma, pues si no, no somos más que bestias embistiendo un muro grueso, dementes navegando sin rumbo! Estimado Grupo de Oposición, espero de todo corazón que estas palabras os lleguen y os hagan caminar conmigo por el sendero del crecimiento, la comunidad, el conocimiento y la escucha. Gracias por vuestra atención. Hasta aquí mi discurso».

Parecía que el silencio era en general el efecto de Persona de Opinión en el público.

Su contrincante dio un paso al frente y, tras unos segundos, alzó un puño y gritó: «¡¡Hostiocracia!!».

El público se levantó y entregó sus pulmones y brazos al aire. Nunca el anfiteatro había sonado tanto. El recuento oficial de votos fue de novecientos treinta y tres a favor, cinco en contra. El torrente de camaradería fue tal que, en ese grito de la oposición, Persona de Opinión perdió cuatro votos que ya tenía.

Persona de Opinión no volvió a presentar su propuesta seis meses después, ni un año después, ni nunca. Entendió que, paradójicamente, su Votocracia solo tenía cabida en el mundo de las hostias. Entendió que su Votocracia llevaba impresa en su ADN su propia extinción. Que no podía sostenerse a sí misma.

***

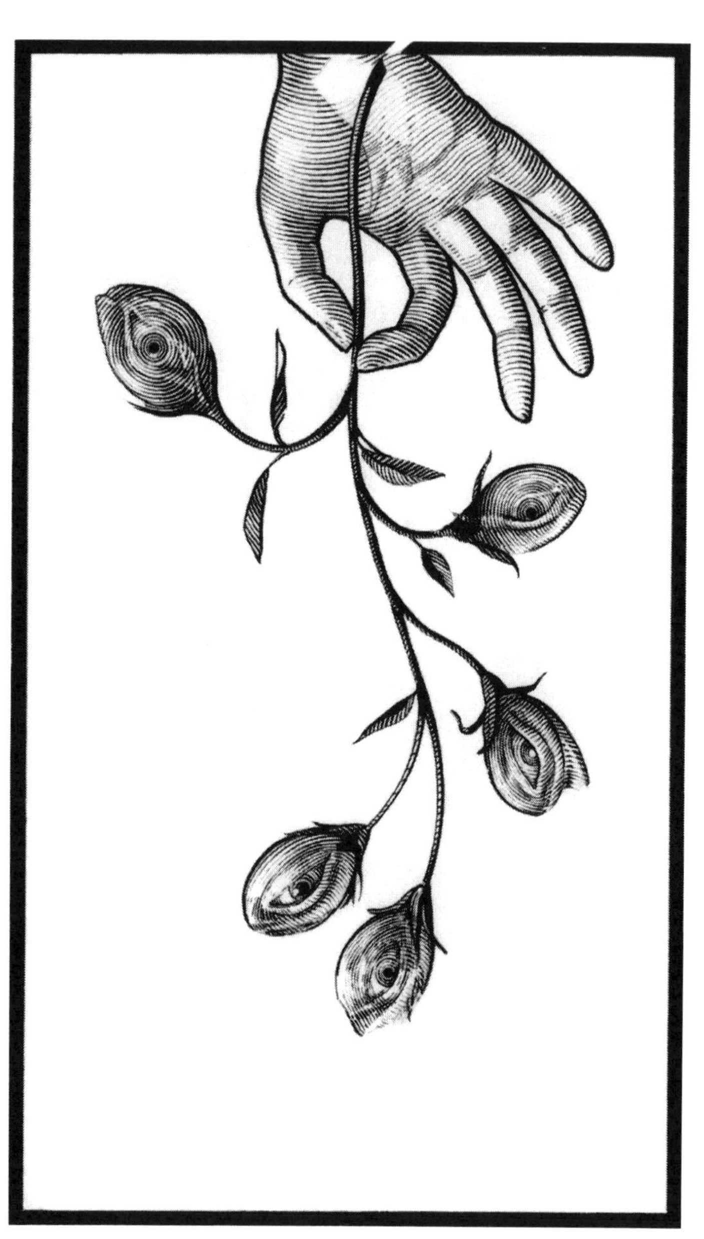

Dialogues des Carmélites: Salve Regina. - F. Poulenc (=)

El Juicio

La mirada de quien emitió el veredicto era fría. Era la de quien no celebra la vida ni la muerte, sino solo la justicia. Tranquila y firme, como la de Dios cuando ve a sus criaturas devorándose las unas a las otras. Era la mirada de alguien cuyas ensoñaciones habían desertado hacía décadas y entendía que la más alta aspiración que tenía el Mundo, lejos de ser la belleza, era la justicia, y que estas eran con frecuencia incompatibles.

La mirada de quien señaló con el dedo, de quien denunció los hechos, era la de una fiera. Era la mirada impaciente de dos ojos que ya no descansarían jamás. Ni la justicia, ni las súplicas, ni la sangre, ni la tortura sofocarían ya la rabia impresa en ellos.

La mirada de la víctima era casi hueca. Era una mirada entumecida, impotente. Lo devastador de esos ojos era todo lo que no se veía en ellos: la fuerza de señalar con el dedo, la de *ver* lo que veían. No se veía en ellos alivio ante la justicia.

La mirada de quien ejecuta era apática. El hábito de segar la vida ajena, va segando la propia. Quedaba solo repetición donde un día hubo pena, asco y satisfacción. Era la misma mirada que quien ejecuta dejaría caer sobre un muro, un crepúsculo o un ser querido.

La mirada de quien iba a morir era de horror. Esa mirada, la que recibía todas las demás, cientos de ellas, buscaba desesperadamente en un sinfín de miradas lo único que no encontraría: socorro. Encontró en su lugar frialdad, rabia, impotencia, apatía. Encontró pena, burla. Encontró, en una de ellas, culpa.

La mirada de quien perpetró el crimen buscaba el perdón en unos ojos que perdían ya la vida.

***

O Pastor Animarum - H. von Bingen (>)

Deleite de gata

«Hasta qué punto es mi gata una sardina». Había escuchado por primera vez el día anterior la frase «somos lo que comemos» con atención. Ahora, observaba a su gata comer una sardina que había sobrado en la comida y se preguntaba, como es comprensible, hasta qué punto era su gata una sardina. Era consciente de que el organismo de la gata descompondría el de la sardina tomando solo lo útil para sí, y que eso no la convertía en una sardina. Pero fue un poco más allá. Imaginó que su gata se hubiese alimentado única y exclusivamente de sardina desde su último día de lactante. Imaginó que esta gata engendraba junto con otro gato que hubiese llevado una dieta idéntica, otra gata, que alimentaría con su leche hasta que empezara a comer sardinas. Imaginó que esta nueva gata seguía perpetuando el linaje de igual manera. Tendríamos gatas que solo han comido sardina y, previamente, leche. Leche de gata que solo ha comido sardina y, previamente, leche. Leche de gata que solo ha comido sardina y, previamente, leche. Realmente, podríamos conseguir una gata hecha muy puramente de sardina, proveniente, además, de otra gata muy puramente hecha de sardina que hubiera sido fecundada por un gato hecho muy puramente de sardina. En cierto modo, esa gata sería sardina pura.

Pero fue un poco más allá. Pensó en parejas de especies capaces de comerse las unas a las otras, como por ejemplo, gata y tiburón. Cualquier tiburón que se precie y que viese a una gata retorcerse en la superficie del agua, la liberaría de su tormento en un fulminante gesto mandibular. De igual manera, aunque es difícil imaginarse a una gata (sea doméstica, callejera o salvaje) dando muerte a un tiburón y atravesando su implacable epidermis con sus garritas y colmillos, la industria pesquera es un as que juega a favor de la gata y hace viable conseguir jugosos filetes de tiburón que sin duda serían objeto de su deleite (de-leite de gata). Planteó generaciones y generaciones de tiburones y gatas en las que cada cual se alimentaba única, rigurosa y paralelamente de gatas y tiburones. Imaginó dos descendientes de sendas estirpes, mirándose a los ojos a través del grueso cristal de un acuario. Les otorgó, en su fantasía, la suficiente consciencia para preguntarse quién es gata y quién tiburón.

Concluyó que no somos lo que comemos. Concluyó que somos pobres víctimas de la ineludible tiranía del ADN. El Régimen de la Herencia. La herencia de algo muy anterior a nuestro nacimiento y de lo que no hemos sabido escapar. Una herencia que dictamina que a la gata le gustará comer sardina y no sumergirse en el agua. Una serie de mandamientos que cada célula de un organismo en sí misma lleva impresos. Un manual de supervivencia crónico y, a menudo, obsoleto. Un código no desprogramable.

Para el ser humano, pensó, esto no *acaba ahí*. Nada nunca acaba ahí para el ser humano. Parece tener siempre la necesidad de trascender todo lo que ocurre en la Naturaleza, convirtiendo la nutrición en gastronomía, el cobijo en arquitectura, la comunicación en poesía, el apareamiento en romance, la territorialidad en genocidio. El ser humano, como especie, nunca deja las cosas como son. Es difícil creer que haya hecho una excepción con la herencia genética.

Heredamos de quien nos da la vida caracteres mucho más profundos y arraigados que el color de piel o el grupo sanguíneo. Heredamos aspectos más terribles que patologías o propensiones. Heredamos, sin pedirlo, las diferentes maneras de temer al Mundo. Heredamos las propias de nuestro linaje. Casi siempre crónicas. Casi siempre obsoletas. Y podemos alejarnos, podemos nutrirnos de otras gentes, aprender *sus* maneras de temer al Mundo. Pero no es suficiente. No somos lo que comemos.

Aunque, por otra parte —se dijo, mirando a lo que quedaba de sardina—, la escena de la gata y el tiburón podría tener otra lectura. Una lectura más de cercanía que de distancia. Podría imaginarse que esa mirada entra una y otro decía «Yo soy gata y tiburón; yo soy tiburón y gata».

Esto le recordó a cuando alguien da un consejo, con frecuencia no solicitado, abriendo con la fórmula «Si yo fuera tú...». Siempre había sentido que esa frase se usaba muy a la ligera y la escena del acuario le había revelado el porqué. Lo que la gente habitualmente quiere decir con ella es «Si yo, siendo yo, estuviera en una situación aparentemente similar a la tuya...». Sin embargo, lo que esa coletilla consensuada quiere venir a recordarnos, la verdad que bajo ella subyace es más profunda:

Para ser tú, para estar en tu situación, necesitaría, no solo encontrarme en el mismo lugar y momento frente a un conflicto externo dado, sino que tendría que estar afrontándolo con tus mismos miedos y herramientas. Con tu misma memoria y bagaje. Tendría que haber nacido en la familia en la que naciste y crecer en tu hogar. Heredar tus maneras de temer el Mundo. Las que tú has heredado. Entonces, y no antes, sería tú. Y (ahora sí) si yo fuera tú, haría lo que haces, sería como eres. Por lo tanto, la distancia entre que tú seas tú, y que lo sea yo, es igual a cero, y como consecuencia, no existe un «si yo fuera tú». Soy tú. Soy gata y tiburón.

By the Still Waters, Op. 114 - A. Beach (>)

La Ley de Apoptosis

La Última Persona estaba desnuda, tranquila, cansada y sonriendo. Había nacido ciento cuarenta y cuatro años después de que la Ley de Apoptosis entrara en vigor.

Con el paso de las décadas, las Uniones formadas por coaliciones de países fueron ganando más y más presencia en la política internacional y esta fue ganando territorio a las políticas de cada nación. Cada vez más decisiones y leyes que parecían afectar a un solo país, o en ocasiones, a una sola región, no venían del país ni de la región, sino «de arriba». Y la realidad es que ya no había nada, absolutamente nada, que pudiera afectar a una sola nación o provincia, puesto que la velocidad y frecuencia a la que viajaba la población y la inmediatez con que viajaba la información eran tales que era difícil mantener viva la imagen mental de frontera. Todo el mundo, es decir, la totalidad de la población del mundo, hablaba el mismo idioma. Las generaciones más longevas recordaban la que un día fue la lengua oficial de su país con nostalgia, y sin fe alguna en que nadie la heredara. Todo el mundo tenía acceso a las mismas fuentes de información, conocía la misma versión de la Historia, las mismas obras de arte. La idea de cultura y costumbres de un país fueron siendo consideradas algo obsoleto y retrógrado, como hubo pasado otrora con mitos y religiones. En todos los países las personas vestían igual, comían lo mismo y compartían rasgos, puesto que el mestizaje étnico había llegado hacía tiempo al punto de hacer cualquier origen no rastreable.

Dado este contexto, era natural que se diera, como se dio, el Gobierno Mundial, que funcionaría como una democracia parlamentaria, con elecciones cada cuatro años. Los partidos, naturalmente, no estarían ligados a un país, no representarían ninguna nación, sino unos ideales, un programa.

Tras treinta y dos elecciones, ocurrió lo que no había ocurrido jamás en la historia, no del Gobierno Mundial, sino de ningún gobierno del mundo: ganó el Partido Ecologista. Por único que fuera dicho suceso, no fue ninguna sorpresa para la Población del Mundo, puesto que hacía ya demasiado tiempo que la situación del planeta era en todos los sentidos crítica e insostenible, y el Partido Ecologista era el único que proponía medidas serias que realmente trataban el planeta como prioridad.

Había países enteros que sobrevivían a la subida del nivel del mar gracias a unos muros que se empezaron a levantar a tiempo. Otros tuvieron que ser evacuados. Tierras que un día fueron cálidas pasaron a ser inhabitables. Las grandes selvas del mundo ya no eran nada. No había en el mundo un río con agua potable. En los últimos cien años se habían registrado ciento setenta y nueve especies animales extintas y otras doscientas cuarenta de las que quedaban algunos ejemplares protegidos. En un setenta y tres por ciento de los países, más del sesenta y dos por ciento de la población usaba mascarilla por la contaminación del aire. La población mundial se había triplicado en los últimos ciento cuarenta años. Alguien tenía que tomar medidas y ese alguien fue el Partido Ecologista.

Tan solo un mes después de resultar elegido, el Partido publicó la Ley de Apoptosis. La Ley establecía que la Humanidad dedicaría cien años exclusivamente al cuidado y reparación de la Tierra y a aquellas actividades colaterales necesarias para este fin. Pasado dicho período, la especie pararía de reproducirse, dejando aproximadamente otros cien años de vida a la misma. Dentro de lo evidentemente extremo de dicha ley, la Población del Mundo la recibió con mucho menor rechazo del que cabría esperar. Un motivo era claro: realmente no le afectaba tanto. Es decir, la población existente en el momento en que la Ley entró en vigor, aún se podía reproducir, así como varias generaciones después. El final quedaba lejos.

Los próximos cien años, la Humanidad se centró en cuatro labores muy definidas. Para ello, se disolvieron la gran mayoría de empresas y empleos del mundo. Se perdió la noción de hacer negocio, puesto que hacer dinero ya no era una meta en sí. El dinero siguió fluyendo con normalidad, pero sin ambición. El Gobierno Mundial volcaba todo su capital en la puesta en práctica de la Ley, y para ello, pagaba un sueldo a cada habitante del mundo.

La primera y, quizás, la más importante de estas labores era el Saneamiento. Más del treinta por ciento de la población mundial adulta fue destinada a la limpieza de los océanos, los mares, los ríos, bosques, montañas y cualquier otro paraje natural o rural. Es importante imaginar que no se trataba de pequeñas unidades en balsas recogiendo plástico. Eran miles de millones de personas dirigidas por lo que un día fue el esfuerzo y los recursos que la Humanidad dedicaba al progreso, la ambición de la sociedad por prosperar, la fuerza que había tenido el Capitalismo a grande, mediana y pequeña escala. Era toda esa energía redirigida a un único fin: dejar la Tierra en el mejor estado posible antes de abandonarla.

La segunda labor de la Humanidad durante los primeros cien años de la Ley de Apoptosis era el Desarme. Deshacer todo lo que fuera realista deshacer en un siglo. Centrales, fábricas, rascacielos, aeropuertos, escuelas, hospitales. Se desmontó material innecesario como todo tipo de armamento, gran parte de la electrónica, la mayoría de los vehículos (acuáticos, aéreos y terrestres), etcétera. Estos materiales eran sometidos a una serie de procesos químicos, compresiones, fundiciones y disoluciones, para poder devolverlos a una forma lo más asimilable por el planeta posible.

Las estructuras e infraestructuras que no se podían desarmar en ese tiempo, eran competencia de la tercera gran empresa de la Humanidad: la Habilitación. Algunos edificios, carreteras, túneles, se acondicionaron para propiciar su habitabilidad para animales, o el paso del agua.

Muchas de las grandes hijas de la Humanidad, como la Ciencia, la Historia, la Arqueología, fueron quedando huérfanas. Ni siquiera la Medicina merecía ya la atención de la especie. Se siguió utilizando, pero no desarrollando. La utilidad de la medicina era optimizar el estado de las personas que pudieran ejercer alguna de las cuatro grandes labores, o alguna de las actividades colaterales indispensables, como eran la distribución de alimentos o el control de suministros energéticos. La Medicina no prolongaba vidas que no tenían potencial productivo para la puesta en práctica de la Ley, puesto que suponía invertir recursos en algo que no era la Ley, y por lo tanto era en sí mismo contraproducente.

La cuarta y última gran labor era la Educación. Educar en la Ley de Apoptosis. Se cerraron las universidades e institutos, puesto que a los trece años de edad, cualquier estudiante había aprendido lo suficiente para desempeñar cualquiera de las tareas esenciales del Siglo Penúltimo de la Humanidad. Por otra parte, tener a miles de millones de jóvenes dentro de centros de estudio restaba muchísimo músculo a la labor.

Además de formar individuos útiles para las tareas, el sistema educativo tenía una segunda finalidad: proteger la propia Ley. La Educación debía forjar una ética y una convicción difíciles de corromper en las mentes más jóvenes. La Ley de Apoptosis, como las grandes creaciones humanas, debía durar más que las personas que la sostenían. Había que evitar a toda costa que naciera en esas generaciones, al crecer, la idea de reproducirse. Se inculcaba mucha consciencia en cuánto mal había hecho la especie al planeta, en lo irreversible de ese mal, en el carácter creciente de ese mal, en lo inherente que es a la especie humana, en que la Ley de Apoptosis era la única vía respetuosa para con la Tierra, por tardía que fuese.

No obstante, si hay una fuerza en la biología capaz de echarle un pulso al instinto de supervivencia del individuo, es el instinto de supervivencia de la especie. Y eso se aprecia en las especies, pero también en los individuos. Por eso, aunque no siempre, se arriesga la vida propia por la de las crías. «Si muero yo, acabo yo; si mueren mis crías, acaba la especie». Y es esto que hizo imposible que no surgieran rebeldes. Gente que, pasados los cien años desde la entrada en vigor de la Ley, se empeñaba en procrear eludiendo las medidas de castración química que impuso el Gobierno Mundial a toda la población a partir de la fecha señalada. Nacieron movimientos clandestinos pro-humanidad que urdían planes de sabotaje de la Ley de Apoptosis. Una medida que el Gobierno Mundial no llegó a tomar fue la de interrumpir embarazos contra voluntad o inducir la muerte de alguna criatura nacida fuera del plazo que dictaba la Ley. Pero se persiguieron estos movimientos ferozmente. El porcentaje de la Población del Mundo que estaba a favor de perpetuar la especie era inferior al uno por millón, pero eso fue suficiente para retrasar el proceso bastantes años.

La última persona en nacer, lo hizo ciento cuarenta y nueve años después de la entrada en vigor de la Ley de Apoptosis. La última persona en morir, es decir, la Última Persona, nació de la Segunda Generación de Resistencia y murió desnuda, tranquila, cansada y sonriendo, tumbada a la orilla de un lago y sintiendo una paz que nadie había sentido jamás en la historia del Ser Humano.

***

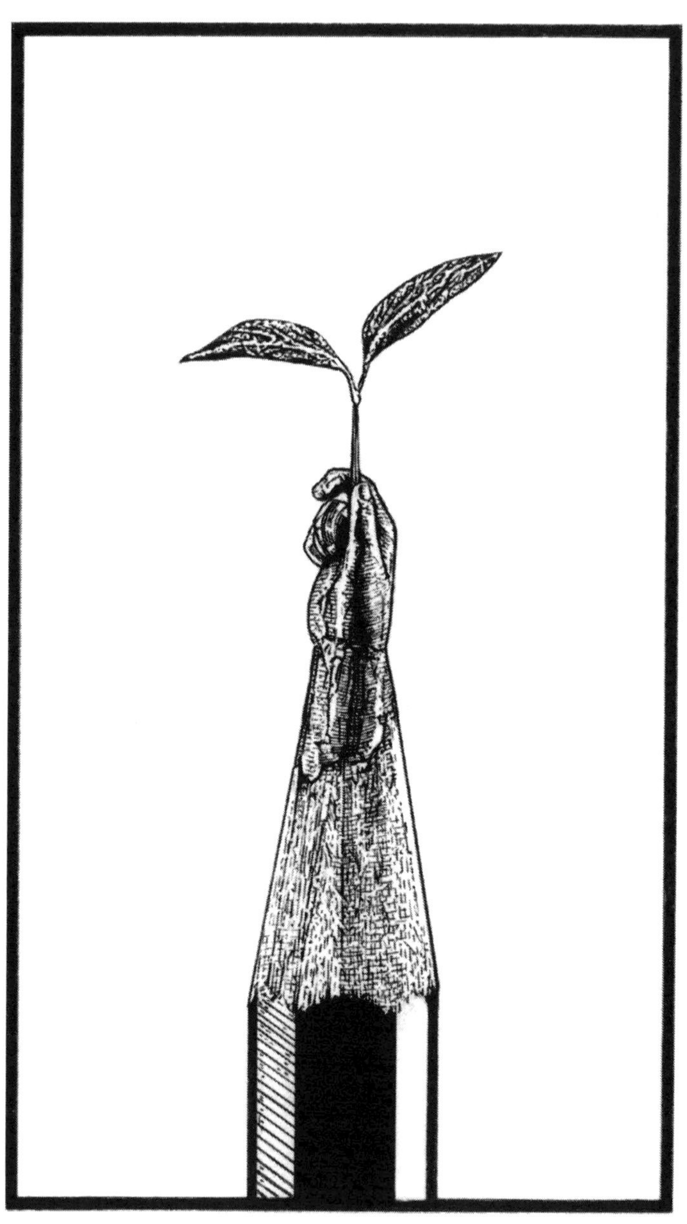

Vida y obra de un lápiz

Día cero.

Un lápiz sale de fábrica en una caja junto a otros nueve, en apariencia idénticos, y es depositado en un almacén a las afueras de una ciudad. La caja, rodeada de otras ciento diecinueve, en apariencia idénticas, se encuentra en una caja aún mayor, que a su vez está rodeada de otras treinta y nueve, idénticas en apariencia.

Día seis.

El lápiz es trasladado a un segundo almacén junto a solo mil ciento noventa y nueve de sus semejantes.

Día nueve.

El lápiz es trasladado junto al resto a un tercer almacén. La caja que los contiene a todos se abre y un par de manos sacan ocho cajas de lápices. La caja que contiene el lápiz no está entre ellas.

Día veinte.

La gran caja se abre y el mismo par de manos coge dos cajas de lápices para llevarlas al exterior. El único lápiz que hemos tratado como único (que lo es y no) sigue inmóvil cuando esta se cierra.

Día treinta y uno.

La gran caja se abre y el par de manos saca tres cajas de lápices, dejando de nuevo el lápiz en el interior.

Día treinta y cuatro.

La gran caja, ya entreabierta, se termina de abrir y el ya familiar par de manos saca seis cajas de lápices. La gran caja se cierra con el lápiz dentro.

Día treinta y cinco.

Un nuevo par de manos abre la gran caja para perpetuar el ritual con, esta vez, la extracción de una sola caja de lápices. Una caja distinta a la del lápiz.

Día cuarenta y seis.

El viejo par de manos abre la caja para sacar la caja de lápices que contiene, de entre todos los lápices, el lápiz. El lápiz, junto a sus otros nueve compañeros de viaje, es extraído de la caja pequeña y colocado en un compartimento de una estantería, con la punta señalando, no hacia el exterior, sino hacia el fondo de la estantería. Tan pronto como entra en dicho compartimento, la diferencia entre los lápices que le acompañaban en la caja de lápices y aquellos que fueron vecinos de otras cajas de lápices en la gran caja es nula.

Día cuarenta y siete.

Una voz desconocida pide, según sus palabras exactas «dos lápices». Una de las manos conocidas coge dos lápices del compartimento, posados encima de nuestro lápiz, del que es uno. Una segunda voz pide un lápiz más. La mano alcanza de nuevo un lápiz colocado encima del lápiz.

Día cuarenta y ocho.

A lo largo del día, siete lápices son elegidos para acudir a la llamada de cuatro voces diferentes.

Día cuarenta y nueve.

A lo largo del día, tres lápices son elegidos para acudir a la llamada de tres voces diferentes. Todos ellos, únicos, aunque ninguno. Una mano conocida coloca encima de los lápices que quedaban en el compartimento diez lápices más.

«Las manos no esperan a que se agoten los lápices en el compartimento para colocar nuevos lápices encima. Teniendo en cuenta que, salvo en contadas ocasiones, siempre eligen a los de la superficie, se da lugar a un orden en el que es muy improbable para los más viejos resultar elegidos. Solo los nuevos gozan de una temprana partida. Los ciclos de estancia de los lápices no son en absoluto asimilables a los ciclos de vida en, por ejemplo, el reino animal, donde cada individuo recorre a lo largo de su vida un camino parecido. En el compartimento, el período de estancia para los más jóvenes, es rapidísimo; para la franja intermedia, notablemente más lento; para los que en su día ocuparon el estrato inferior, podía ser eterno. Mientras un lápiz colocado en la superficie puede ser elegido en cuestión de minutos, el lápiz más longevo del estante lleva cuatrocientos doce días inmóvil. Los jóvenes envejecen fuera del compartimento; los viejos lo hicieron dentro».

Día cincuenta.

Una voz solicita ocho lápices. Ocho lápices son retirados dejando en la superficie al lápiz. Minutos más tarde, otro lápiz es retirado a petición de otra voz.

Día cincuenta y uno.

Una mano elige al lápiz. Al único (que para nada lo es). Lo coloca sobre un mostrador. La voz que había pedido «un lápiz», al verlo, apunta «uno con goma, por favor». El lápiz es devuelto al estante.

Día cincuenta y dos.

Una mano conocida coloca veinte lápices sobre el lápiz, dejándolo en un estrato medio del compartimento. Horas más tarde, una voz pide «un lápiz». Una mano va de camino al estante. La voz interrumpe la trayectoria de la mano.

—¿Lo puedo elegir yo?

Una mano nueva toma entre dos de sus dedos el lápiz. El lápiz. Entrega a cambio un par de monedas y lo introduce en una bolsa de tela, donde permanece seiscientos veintiocho pasos, junto a un cuaderno marrón. La mano que extrajo el lápiz del estante, tantea el interior de la bolsa y saca el cuaderno al exterior, mientras su doble espejada saca el lápiz.

Hay luz, hierba y un árbol. El cuaderno se abre. En él hay escritos.

«Un lápiz puede escribir, pero no leer».

Las nuevas manos hacen una serie de marcas con un utensilio metálico a lo largo de la superficie del lápiz. El lápiz es colocado encima del cuaderno en posición amenazante. Tras unos minutos, la mano que lo eligió, la misma mano que sacó al lápiz de un mar de lápices, hace al lápiz, por primera vez en su existencia, hablar:

Por una farola en vilo,
trepa verde la salamandra.
Abajo, es negro cocodrilo.

Día cincuenta y tres.

Lo que canta tu boca es humo,
nube
/perfume
/ a lo sumo:
Lo fui a agarrar y nada tuve.

Día cincuenta y cuatro.

Quien quie

Día cincuenta y cinco.

re buscar, busca;
quien quiere encontrar, encuentra.

Quien quiere hacer, hace;
quien quiere intentar, intenta.
Quien quiere aprender, aprende;
quien quiere ostentar, ostenta.
Quien quiere olvidar, olvida;
quien quiere recordar, recuerda.

Día cincuenta y seis.

Quien quiere encontrar, encuentra;
quien no quiere encontrar, busca.
Quien quiere hacer, hace;
quien no quiere hacer, intenta.
Quien quiere aprender, aprende;
quien no quiere aprender, ostenta.
Quien quiere olvidar, olvida;
quien no quiere olvidar, recuerda.

Día cincuenta y siete.

Quien quiere vivir, vive;
quien no quiere vivir, sueña.

Día cincuenta y nueve.

Quien

Día sesenta.

Zapatos de segunda... ¿mano?

Día sesenta y uno.

¿Será que no somos
sino testigos del mundo?

Día sesenta y tres.

¿Será que el Tiempo nos lleva
a hombros, impasible?
¿Que la Historia avanza ciega
y la Humanidad camina de espaldas
con su porvenir tras de sí y no ante sí,
perdiendo en el Horizonte su pasado a cada paso?

Día sesenta y seis.

Zapatos de (segundo) pie. (¿Segundo?)

Día sesenta y ocho.

A Quien Camina:
Quien camina era ignorante
cuando abandonaba el lecho.
El pie sigue a la vista
y, ojo, el ojo sigue al pecho
del que tira una cuerda
invisible pero lista
y grave,
que no se ve,
pero sabe.
No había salido el Sol
cuando quien camina

vio sentada en una esquina
una figura uraña.
—Quiero subir la montaña
de historias con moraleja.

La de quienes a sí se arriman
cuanto más de aquí se alejan.
La que extraña trama entraña.
—Deja, deja esa canción
que la ambición
el juicio empaña.
Otórgale la duda,
el camino todo traga,

Día setenta.

hay mil caídas sin cura
y tú no tienes la experiencia.
—Ni la tendré hasta que suba.
—Por ser tú tan joven
y yo serlo tan poco,
te entiendo.
Pero por curioso murió el gato.
Quien camina respondió:
—Murió, pero murió sabiendo.
Y marchó.
Aquella figura pensó
«qué poco hay del dicho al hecho».
Quien camina era ignorante
cuando abandonaba el lecho.

Día setenta y uno.

Quien camina hacía lo suyo
hacia lo suyo,
sin saber si habría mañana.

Una roca, un río,
otra roca y una rama.
Un árbol y su murmullo.
Vio cómo un ave voló en un soplo
lo que le supo a una vida,
y Quien camina quiso alas.
Pero pronto pensó
que Ítaca es llegar a Ítaca
y no le servirían de nada.
"De nada". Le dijo el mundo
en una brisa.

Día setenta y dos.

Y siguió sin pausa ni prisa,
sin jauja ni risa,
sin un paso mal hecho.
Quien camina era ignorante
cuando abandonaba el lecho.

Con una mueca miró atrás,
donde la gravedad habita.
Ayuda a quien baja, invita,
pero persuade a quien sube.
Tanto tendría que bajar,
que su pie pisaba nube.

Pero, aunque a veces titubee,
quien camina no gravita.
Al menos no hacia donde
tierra y agua caen,
sino a donde aire y agua acuden.
Volvió su cuello derecho
y pensó:

Día setenta y tres.

"No puedo seguir mis huellas
después de tan largo trecho".
Y siguió el camino que no termina.
Quien camina era ignorante
cuando abandonaba el lecho.
Quienes arriban arriba,
hallan allá su sino, si no bajan.
Va jadeando quien camina,
va cansino su cuerpo.
Igual su ánima, cansina.
Sin haber otro alma cerca
y pronto, sin sol que dé lumbre.
De la cama al camino,
del escombro a la cumbre,
el mundo tiene un techo.

Día setenta y cuatro.

~~*Zapatos de tercer y cuarto pie.*~~
~~*Guantes de tercera y cuarta mano.*~~

Día setenta y cinco.

Quien camina era ignorante
cuando abandonaba el lecho,
pero la cima es vecina,
el aire es menos denso.
Quedan tan solo unos pasos
después de miles de cientos.
Y al fin llega a lo más alto.
Solo el cielo está al acecho.
Quien camina no sabía nada
cuando abandonaba el lecho,
pero ahora...
Ahora se entiende,
se sabe y se conoce.
Quien camina ya no ignora
y es lo más grande que ha hecho.

El lápiz es colocado entre las páginas del cuaderno marrón y este se cierra con él dentro. Mientras el cuaderno entra en la bolsa, el lápiz resbala, cayendo sobre la hierba.

Día setenta y seis.

Una mano desconocida toma el lápiz, lo pasa por una nuca y con un gesto certero lo convierte en el soporte de un peinado sencillo. Cuatro horas más tarde aterriza en una taza que hay sobre un escritorio.

Día ochenta y nueve.

El lápiz es llevado a una estancia distinta a la del escritorio y sobre un papel perpendicular al suelo, escribe:

-Nueces
-Canela
-Agua de Azahar

Día noventa.

-Nuez moscada.

Día noventa y uno.

-Limón.

Día noventa y dos.

Una mano notablemente más pequeña toma el lápiz, lo lleva a una tercera estancia y dibuja:

Día noventa y cuatro.

El lápiz es colocado entre una puerta y su marco para recibir nueve impactos que lo magullan visiblemente. Seguidamente dibuja:

Día noventa y cinco.

La mano pequeña mete el lápiz en una mochila. Una hora después lo saca y escribe:

La Tierra gira alrededor del Sol.
La Luna gira alrededor de la Tierra.

Seguidamente, dibuja:

La Tierra tarda en dar u

La punta del lápiz se rompe bruscamente, truncando una palabra. La palabra «una». La pequeña mano deja caer el lápiz a un lado.

Cinco horas y media más tarde, una mano mayor y velluda recupera el lápiz del suelo y le saca punta, para después dejarlo en un vaso junto a, de nuevo, otros lápices. No obstante, esta vez, cada uno de los siete lápices en el vaso tenía una longitud, grosor, color y mellas diferentes.

«Si en este punto, reunieran a los nueve, a los mil ciento noventa y nueve, o a los cuarenta y siete mil novecientos noventa y nueve lápices que emprendieron periplo con el lápiz, cada uno de ellos sería inconfundible. Haber ejercido la Escritura o el Dibujo (si acaso fueran cosas diferentes) es haberse expuesto a las laceraciones infligidas por el Tiempo, que están, a su vez, irremediablemente ligadas a las fuerzas o manos a las que un lápiz sirve de canal, cada una con su indeleble historia».

Día noventa y nueve.

Una voz aguda dice «no tengo lápiz». La mano velluda señala al vaso de lápices. Una mano pequeña con una herida leve en el dorso toma un lápiz severamente castigado.

Día ciento uno.

Una voz aguda dice «no tengo lápiz». La mano velluda señala al vaso de lápices. Una mano pequeña con uñas policromadas toma el lápiz.

23 x 7 = 161   *47 x 8 = 376*   *3*

La punta del lápiz se rompe, quedando, no obstante, suficiente para seguir escribiendo.

1 x 4= 124

Seguidamente, dibuja:

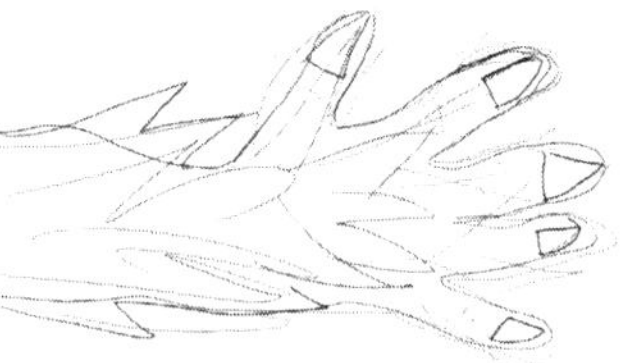

El lápiz es introducido en un estuche, junto a siete lápices de cera dura, un sacapuntas, una goma y un papel plegado.

Día ciento tres.

El lápiz es extraído del estuche en una nueva estancia y dibuja.

El estuche se cierra con el lápiz fuera. Dos horas más tarde, una mano arrugada lo coge y lo coloca encima de un mueble de madera.

Día ciento cuatro.

La peluda pata de un cuadrúpedo ataca al lápiz con afiladas garras y gesto nervioso, haciéndolo caer tras el mueble de madera.

Día mil trescientos nueve.

Alguien separa el mueble de la pared y una escoba arrastra todo lo que hay en el espacio intermedio hacia fuera: densas aglomeraciones de polvo, un pendiente, dos monedas de poco valor, un papel y el lápiz. Una mano toma el lápiz y, tras sacudirlo, lo coloca en una mesa a escasos metros.

Día mil trescientos once.

Una voz pregunta: «¿tiene un lápiz por ahí?». La mano que sacó el lápiz de entre el polvo, lo recupera de la mesa y lo entrega. La nueva mano toma el lápiz y lo coloca contra una pared.

20	*40*	*60*	*80*
x	*x*	*x*	*x*
100	*120*	*140*	*1*

Seguidamente, coloca el lápiz en el pliegue superior entre su cabeza y su oreja.

Al cabo de unos minutos, la voz que solicitó un lápiz (el lápiz), dice «Esto ya está. Hasta luego». El descenso de una escalera se interrumpe cuando la mano toca el lápiz y la voz dice «Ay». El descenso continúa cuando la voz dice «Bueno». El lápiz continúa sobre esa oreja durante treinta y ocho pasos descendentes, seiscientos uno horizontales y veintitrés ascendentes. El lápiz es arrojado sobre una mesa, por la que rueda hasta caer sobre un sofá. A los pocos minutos, alguien se sienta en el sofá, partiendo el lápiz en dos mitades en un crujido sordo. Una mano toma ambos pedazos y los coloca sobre la mesa de la que habían caído cuando eran una sola cosa.

Día mil trescientos catorce.

Un par de manos desconocidas toman ambas partes del lápiz y las afila. La parte posterior es afilada por el extremo que la unía a la parte anterior y la parte anterior es afilada por el extremo que la unía a la parte posterior, dando como resultado un lápiz en apariencia, normal, aunque de acotada longitud, y otro, de longitud igualmente corta, de dos puntas. Seguidamente, las manos dejan la mitad anterior sobre otra mesa e introduce la posterior dentro de una bolsa de piel sintética.

Día mil trescientos quince.

La parte anterior del lápiz (a partir de ahora, *el lápiz*) es colocada sobre oreja conocida. Tras veintiocho pasos descendentes, doscientos veintinueve horizontales y treinta y cuatro verticales, escribe:

30 *60* *90* *120*
x *x* *x* *x*

Seguidamente, es colocado en el suelo.

Día mil trescientos dieciséis.

Una mano desconocida toma el lápiz del suelo y lo coloca dentro de un estuche.

Día mil trescientos diecisiete.

La parte posterior del lápiz (a partir de ahora, *el lápiz*) es extraída de la bolsa y empuñada. Escribe:

> *No puedo más. Siento una losa pesadísima sobre el pecho. Siento que no estoy donde debería. Donde necesito estar. Esto que respiro y que me mantiene con vida no es aire. Ni esta vida, vida. El aire no llega nunca. Ni a mis pulmones ni a mi rostro. Solo veo que mueve las hojas de los árboles que hay fuera.*

Día mil trescientos veinte.

> *Sueño que estoy en una jaula y los barrotes están al rojo vivo. La jaula cuelga sobre miles de cabezas que deambulan a escascos*

centímetros. Ninguna mira cuando grito.

Día mil trescientos veintidós.

Se me escapa la vida. Estoy entregando mi vida a la misma Muerte. La Muerta hecha persona. Muerte que no me toca, persona que no me corresponde. Un ser ya poco querido de un ser que ya no amo. El cansancio, el desagradecimiento, los insultos. El olor. La repetición. Me descubro mirando a una pared y deseando la muerte ajena. La propia.

Día mil trescientos veinticuatro.

Rodeado de árboles y hierba, el lápiz escribe:

Abubilla (upupa epops)

Día mil trescientos treinta y uno.

Pavo real (pavo cristatus)

Día mil trescientos treinta y ocho.

Autillo europeo (otus scops)

Día mil trescientos cuarenta y cinco.

Paloma torcaz (columba palumbus)

Día mil trescientos sesenta y uno.

A veces me despierto y pasan unos segundos hasta que recuerdo. Hasta que vuelvo a ser consciente de mi realidad. Esos pocos segundos son los únicos durante los que no sufro. Los únicos que merece la pena vivir.

El lápiz cae sobre la hierba. La última mano conocida tantea los alrededores durante medio minuto. Entonces, nada.

Día mil trescientos cuarenta y ocho.

Alguien se sienta sobre el lápiz. Una mano nueva lo toma y escribe sobre un árbol:

Yo estuve aquí.

«Un lápiz escribe sobre un árbol, sobre su madre patria: "Yo estuve aquí". De esto, la mano no es consciente. Cree la mano, de hecho, que el lápiz ha sido su herramienta, y no al revés».

La mano mete el lápiz entre los recovecos de la corteza del árbol. Una voz dice: *¿Lo vas a dejar ahí?* A lo que otra responde: *Qué más da. No vale tanto un lápiz.*

Día mil trescientos sesenta y tres.

Odio cada cosa que dicen, cómo lo dicen, que me lo digan. Sus caras. Todo se repite.

Cada día. No puedo. No puedo con la idea de que mañana vaya a ser igual. Y pasado mañana, igual. Es una tortura. No sé cuánto tiempo llevo viviendo el mismo día horrible. Años. Y no sé cuántos años quedan. Se me hace eterno. No puedo más. No puedo más.

Día mil trescientos setenta.

Adiós.
Escribo esto por respeto a lo que fuimos y, desde luego, no por lo que somos. También lo escribo porque sé que si no lo lees, no vas a entender nada. Y necesito que entiendas. Si no entiendes, al menos esto, no voy a descansar. Y necesito descansar. Aunque sea así.

Llevo años sintiéndome encerrada. Llevo años

«El Ser Humano confundió tiempo ha valor y precio. Comenzó a llamar "basura" al hueso de una fruta que da otro árbol, que da otra fruta, que da otro hueso. Por su precio y no por su valor».

pidiendo socorro. A todo el mundo. A ti. Jamás me ha escuchado nadie, a excepción de este cuaderno. Si lo lees, quizás me comprendas mejor, quizás pierdas el poco aprecio que te quedaba hacia mí. Te pido disculpas por acabar esto de esta manera. Por que me encuentres así y tengas que lidiar con todo. No he visto otra salida. Lo siento.

Cuídate.

Día mil trescientos setenta y tres.

Una mano conocida arroja el lápiz a la basura junto a otros muchos objetos, entre ellos, un cuaderno.

Día mil trescientos setenta y cuatro.

La bolsa de basura que contiene el lápiz es arrojada a un contenedor en la calle. Horas más tarde, un camión vierte todo el contenido de dicho contenedor en su interior y lo comprime. Minutos más tarde, todo ese contenido es depositado en una cinta que conduce a una trituradora que desfigura el lápiz hasta que deja de ser lápiz.

Día mil quinientos cincuenta y cuatro.

Una mano remotamente familiar toma el lápiz, sacándolo de su escondite ancestral. Una voz dice: «Este lápiz ha sido mío».

Día mil quinientos cincuenta y cinco.

La mano antigua, la mano nueva, la atemporal, la de Quien escribe, escribe:

«A Quien Lee:».

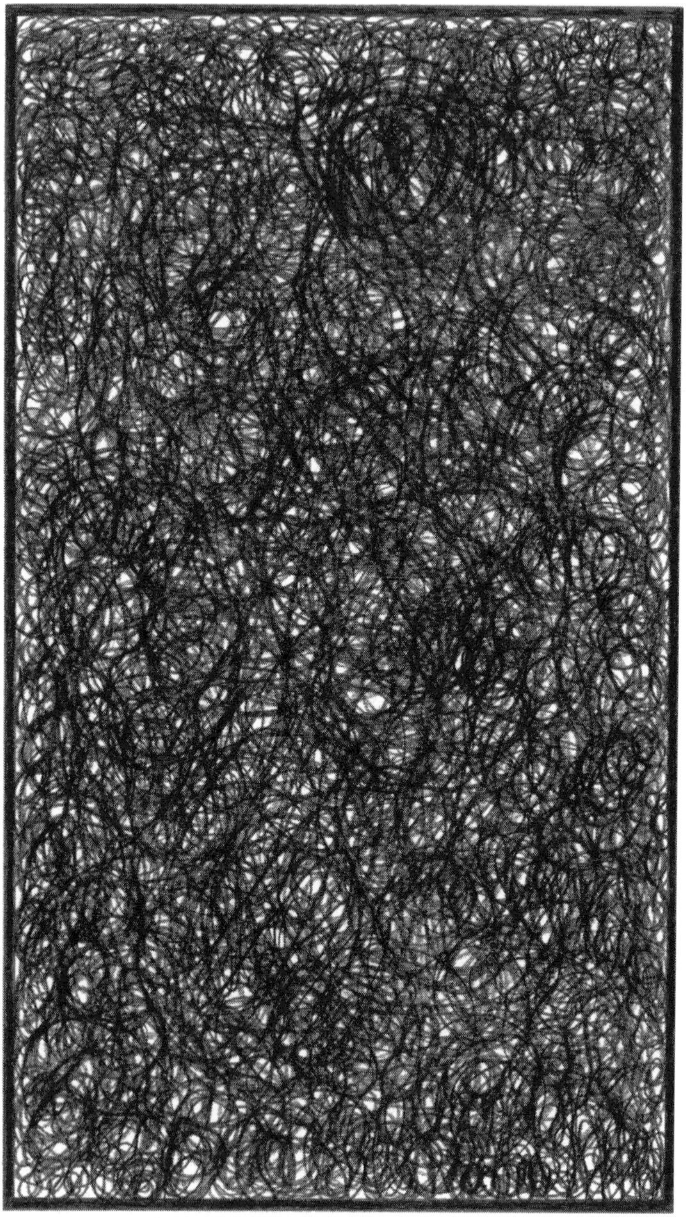

A Quien Lee

No existe un «entre» entre tú y yo. No soy tu *semejante. Soy tú.* No existe ningún «entre» entre ninguna cosa y otra. Las *formas*, las aristas, las líneas que nos *definen* y nos separan están ahí mientras las *creemos.* Mientras las *creamos.* Son *sombras* que hemos adoptado como faro.

Somos *víctima, juez, culpable y verdugo.* Siempre. La mano que empuña el cuchillo y la carne que se abre. Siempre. Cuando lo olvidamos, señalamos con el dedo. Cuando lo olvidamos, quemamos los puentes que unen unas *islas* con otras. Los puentes que nos llevan al entendimiento de lo ajeno y, por lo tanto, de lo propio. Al entendimiento de lo absoluto. Cuando leemos el *código*, no entendemos el mensaje. *La Palabra.* El abrazo, el *te quiero* absolutos.

No solo compartimos camino con quien lo está caminando. Quien ya anduvo y quien anduviere toman nuestra mano. Nos acompañan en ser el camino. Paso a paso, por ese camino de nuestra existencia, transita lo eterno. Aquello que no está sujeto a circunstancias ni contextos. Algo anterior a nuestro inicio y posterior a nuestro fin. Algo indiferente al *individuo*, pero que solo podemos experimentar a través del individuo. De ahí la importancia y la insignificancia del mismo.

Cuando seguimos una dirección, olvidamos nuestra *dirección.* Cuando confiamos nuestra voluntad a otra, a otro poder, a otra *cracia*, somos como el *lápiz* que se consume para ser la voz de quien lo domina. Seamos el lápiz que mira hacia el árbol que fue, al que antes formó con sus semejantes. El que recuerda semejanzas, y no el que traza diferencias. El que recuerda que era una sola cosa con el resto.

Tu amor, el mío y el suyo son el mismo amor. Tu lágrima, la mía y cualquier otra brotan de la misma fuente. Sus sales vienen todas del *Sol*. Como la Primera Persona. Como *la Última*.

Abrazo.

***

ÍNDICE

Este libro se terminó de editar en Granada
en enero de 2026 por

www.aliarediciones.es
info@aliarediciones.es